# Aimez-vous les moules?

D1146560

Van Guido van Heulendonk verschenen eerder bij
De Arbeiderspers:

*De vooravond*
*Paarden zijn ook varkens*

# Guido van Heulendonk
# Aimez-vous les moules?
## Verhalen

Uitgeverij De Arbeiderspers · Amsterdam · Antwerpen

Copyright © 1998 Guido van Heulendonk

Omslagontwerp: Nico Richter
Omslagillustratie: Marcel Broodthaers, *L'erreur* © Marcel Broodthaers,
1997 c/o Beeldrecht Amstelveen

ISBN 90 295 2091 4 / NUGI 300

# Inhoud

# 1 Einstein of Mohammed

En het was in de dagen dat virussen regeerden, en bacteriën resistent werden, dat ergens op aarde een ster vonkend aan de hemel bleef staan en de carrousel van DNA, enzymen en delingsspoelen zich maar weer eens op gang trok, idee vorm werd en gestalte kreeg, en met steeds dwingender hartslag kroop een monade door de tunnel, moeizaam vorderend naar het einde, waar licht en lucht was en ruimte, en toen het moment daar was, dook ze schreeuwend naar buiten, spuwde moederwater en opende haar ogen om te zien wat ze was geworden: Einstein of Mohammed, Caesar of Jeanne d'Arc, een Indische prinses of de kleinzoon van Chelsea Clinton.

En ze zag dat ze een gnoekalf was, en dat dertig meter verder hyena's stonden toe te zien hoe ze haar wankele poten probeerde.

# 2 Spelregels

I

Ze schraapte haar keel (hij dacht: een statement) en zei: 'Ischa Meijer belde Connie Palmen voortdurend op.'

Hij hield zijn blik op zijn krant gericht. Hij had de leeftijd bereikt waarop concentratie een kostbaar goed wordt, waarvan je ten volle moet profiteren wanneer het zich aanbiedt. Nu opkijken en hij zou straks minstens twee alinea's van het artikel opnieuw moeten lezen. Indien niet meer. Het ging over priemgetallen en de codering van elektronische informatieoverdracht. En net nu had hij het gevoel dat hij de uitleg van Gerard Bodifée begon te begrijpen.

'Wat?'

Hij probeerde zijn stem die subtiele toon te laten treffen die zowel belangstelling als zelf-dringend-bezig-zijn suggereert.

Ze zaten buiten op het terras. Er stond een stevige wind, hij moest *De Standaard* met beide handen vasthouden.

'Connie Palmen – ken je toch?'

'Natuurlijk. Die Hollandse-eh... kunstenares met haar semtex-kapsel en hese stem. Doet ze geen cabaret?'

'Nee. Ze schrijft. En eigenlijk is het een filosofe.'

'Ja, nu weet ik het weer. Je bent haar gaan bekijken in 't voorjaar. Ze toerde Vlaanderen af met Adriaan van Dis.'

Hij was trots op zichzelf, hij las nooit boeken. Hij herinnerde zich ook met wie ze was geweest: Denise, haar jeugdvriendin, en wat hij die avond gedaan had. Op de bank gelegen, doodmoe, en naar de soundtrack van *Out of Africa* geluisterd. Een beetje voetbal gekeken (België-Nederland, vriendschappelijke

9

match, score... Hij wist het niet meer, eigenlijk interesseerde voetbal hem maar matig). En daarna was er een documentaire over de loopbaan van Eddy Merckx geweest. En toen opnieuw *Out of Africa*. Een kuur van weemoed. Zou hij haar vertellen dat de naam Palmen hem aan bier deed denken?

'Ze leefde samen met Ischa Meijer,' zei ze. 'Die is enige tijd geleden gestorven.'

'Richard wie?'

'Ischa–Ischa Meijer.' Ze hield hem haar *Humo* voor, hij zag de naam zachtjes trillen boven haar rode duimnagel. 'Maar we spreken het verkeerd uit. Met een sj. Eigenlijk moet je ... zeggen.'

Hij verstond niet goed wat je eigenlijk moest zeggen. En daarna vernam hij van haar wie die Ischa was: columnschrijver, interviewer. En dat hij en Palmen zo'n hechte relatie hadden.

Ze streek de pagina glad, schikte haar bril en las voor.

*'Met Ischa was ik nooit alleen. Hij was er altijd, en dat ging goed. Ik werkte in mijn eigen huis, maar dan belde hij me om het kwartier op, of hij kwam bij me binnenvallen. Sterker: als hij niet om het kwartier belde, kon ik niet werken. Ik zat dan zo naar hem te verlangen dat ik uit verlangen niet schrijven kon.'*

Ze nam haar bril af, liet de *Humo* op haar knie zakken.

'Dat is nu liefde,' zei ze.

Hij wist van zichzelf dat hij heel slecht was in het detecteren van ironie. Als kind liep hij in elke één-aprilgrap. Nog in het leger had hij zich ooit naar de regimentscommandant laten sturen om de sleutel van het paradeplein te vragen.

Was dat overigens met of zonder streepje, paradeplein? En één-aprilgrap? Die morgen was een ingehuurde germanist hun de nieuwe spellingsregels komen uitleggen. Overheidsinspecteurs moesten foutloze rapporten kunnen opstellen. De personeelsaula werd net geverfd, dus vond de voordracht in de cafetaria plaats, met zijn vertrekhal-akoestiek. Liggend streepje als er gevaar bestond voor 'mislezing', had de germanist gegalmd. Zoals in 'vertrekhalakoestiek'? Vertrekgala voor West-Vlamingen? (Schrijf niet meer: Westvlamingen.) 'Mislezing' was dan wellicht weer riskant voor priesters.

'Je moet *foutieve* lezing zeggen,' had Daphne gefluisterd, 'of *verkeerde* lezing.'

Daphne had zelf ooit voor de klas gestaan. Bernard, die ook aan hun tafel zat, had haar verbaasd aangekeken en was via zijn ondoorgrondelijke associatiewegen *in no time* (zijn favoriete uitdrukking) van 'lezing' via 'liplezing' bij Daphnes erogene zones beland, waarover hij een naar eigen smaak waarschijnlijk zeer geslaagd grapje had gedebiteerd. Eerder al had hij hen gewezen op een inconsistentie in het nieuwe Groene Boekje, waarvan ze bij het binnenkomen allemaal een exemplaar hadden gekregen. 'Clitoris heeft geen meervoud,' meldde Bernard, 'en penis wel.' Hun verbazing dat hij dit meteen had opgezocht, werd slechts overtroffen door de vaststelling dat het nog bleek te kloppen ook. Allerlei verklaringen dienden zich aan, biologische zowel als linguïstische, maar Verplaetse had het rumoer niet kunnen appreciëren en zijn strenge blik hun richting uit gestuurd.

Hij dacht niet dat ze het ironisch bedoeld had.

Een merel zat zich in te graven in het zand onder de vlierboom.

Hoe je Ischa uitsprak viel helemaal niet af te leiden uit het woordbeeld.

Hij bekeek haar aandachtig, opeens ontroerd door de rustige gelatenheid waarmee ze, vergeefs wachtend op zijn reactie, het interview opnieuw ter hand had genomen. Ze had de zonnebril weer opgezet die Katia vorig jaar had gevonden in Mycene, niet ver van de Leeuwenpoort. 'Hier,' had Katia hem het ding voorgehouden, 'heeft Agamemnon laten vallen.' Hij zag er als een dure, nog gave polaroid uit, maar hij bleek helaas te klein toen hij hem paste. 'Nee,' had hij gereageerd, monkelend over zijn eigen gevatheid, 'het is die van Claetymnestra', en hij had hem zijn vrouw op de neus geduwd. Katia had het uitgeproest om zijn verspreking, wat het overigens helemaal niet was geweest: hij dacht werkelijk dat de koningin zo heette en zelfs nu begon hij weer te twijfelen: Clytaemnestra? Claetymnestra?

Katia zat momenteel in de buurt van Perpignan, op bouwkamp, voor het eerst alleen weg. Ze wou niet meer met hen op reis. Te oud, vond ze. Van zichzelf, niet van hen.

Hij bedwong de opkomende bezorgdheid. Dat kind was rijp genoeg, veel rijper dan haar broer, die nog wel even oud was. Sven alleen naar de winkel sturen was al een waagstuk.

Ze trok haar benen op, zette haar voeten op een stoel, haar rok schoof een eindje terug. Ze scheen het niet te merken. Of liet ze het opzettelijk zo? Hij voelde zijn bloed reageren, kalm maar spontaan, zoals de mobile in Katia's kamer wanneer de deur openging.

Straks zouden ze koude visschotel eten en er de Saumur bij drinken die nu al in de ijskast onder een condenslaagje (condens-laagje?) kroop, hij had het daarnet gezien toen hij op zoek was naar een snelle hap. En daarna tiramisu – haar specialiteit, zijn lievelingsdessert.

Hij zag de donzige haartjes in het stukje hals onder haar oorschelp. De zorgvuldig gevlochten paardenstaart. Een vliegje kwam op haar arm zitten – ze streek het weg, met een net hoorbaar schuren van huid tegen huid. Hij liet de vertedering volop bezit van hem nemen. Het oprukkende verdriet sneed hij de pas af.

Hij vouwde zijn krant dicht en legde hem op tafel.

'Hoezo die Ischa belde om het kwartier?'

Hij klonk werkelijk geïnteresseerd. Maar nog voor ze iets had kunnen zeggen, vloog zijn *Standaard* lawaaierig open, de voorpagina maakte zich los en flapte onbeholpen de klimrozen in.

Ze schoot in de lach.

'Vliegt de blauwvoet,' zei ze.

De merel was met twee kreetjes de treurwilg ingevlucht.

Hij bevrijdde het papier, wat enkele schrammen kostte, ging

weer zitten en hoorde: dat Ischa Meijer en Connie Palmen niet zonder elkaar konden. Vooral Ischa. Zo ging die bijvoorbeeld 's ochtends de stad in, Amsterdam (ze sprak het uit zoals Denise 'New York': met een hypercorrecte articulatie die de toehoorder attent moest maken op de meerwaarde die deze locaties aan gebeurtenissen verleenden – we hebben het hier dus over *New York*, mensen, niet over Heist-aan-Zee), en al bij de bakker om de hoek, waar hij een broodje kocht voor de lunch, belde hij haar op. Of het nog wel lukte met schrijven? Had ze nog hoofdpijn? Had ze geen trek in krentenkoek? Of hij stond in de vishandel en bracht via de telefoon verslag uit van wat er allemaal binnen was: verse garnaal bijvoorbeeld en wat die moest kosten en of hij geen half kilootje zou meebrengen voor straks? En wat later belde hij vanuit de bank: 'Dag Con, ik ben nu in de bank.' En nog later had hij zijn kantoor bereikt. 'Hallo, ik ben op kantoor, alles oké?' En na het werk, zo rond een uur of vijf, was hij terug bij haar thuis en dan hield ze op met schrijven, en dan dronken ze wijn en begon de avond.

Hij wou zeggen: 'Nou, die Meijer had vast tijd zat. In ieder geval leuk voor de PTT.'

Maar hij zei het niet.

Daarna wou hij zeggen: 'Eigenlijk is dat meer verliefdheid dan liefde,' maar ook dat zei hij niet.

Na de koude visschotel keken ze tv. Er was een Franse film met een kettingrokende Piccoli. Buiten, achter de hor, waartegen de motten fladderden, werd het donker.

En nog later paste hij zijn hoofd tussen haar borsten, waar alles geurde zoals het moest en het hem weer opviel hoe de temperatuur er de seizoenen compenseerde: warm in de winter, nu koel en fris.

Hij smeerde muggenzalf over zijn gezicht en sliep in.

Het bleef nog een week mooi en toen leek de zomer voorbij. Donkere luchten, miezerige vlagen die als een dweil over het land trokken.

Uitgerekend in die periode diende hij de Limburgse instellingen te doen. Van vroeg in de ochtend zat hij achter het stuur van zijn Honda, geïrriteerd door het gepiep van een wisser waarvan hij de oorzaak maar niet vond, met kloppende keel vrachtwagens inhalend die een metershoog waterscherm naast zich meevoerden waar hij blindelings doorheen moest, zich elke seconde dat het duurde ervan bewust dat hij evengoed zijn ogen dicht kon doen en puur op geluk reed.

Katia kwam terug uit Frankrijk, bruinverbrand, euforisch. Ouder geworden ook. Veel meer, leek het hem, dan de veertien dagen die ze weg was geweest. Niet echt een dochter meer maar een jonge vrouw, die hij een beetje vervreemd om zijn hals voelde hangen toen ze van de trein was gestapt.

Sven vertrok met de zeescouts.

Hij vond sporen van ratten in de tuin en plaatste een val achter het schuurtje, waar een gat in de grond was dat op een tunnel leek. Toen hij de volgende middag ging kijken, zat er een merel in. De ijzeren stang had met chirurgische precisie het midden van de schedel getroffen. De vogel lag met gespreide vleugels in de modder, doorregend, zijn halfopen bek in het stukje kaas geprikt, schijnbaar in twijfel of hij nu zou toehappen of niet. De kaas zag rood, alsof de merel bloed had gespuwd. 'Je moet er wat jam op doen,' had zijn buurman gezegd, 'daar kunnen ratten niet aan weerstaan.'

Hij wrong het vogellijkje uit de val en gooide het op de composthoop. De val borg hij weer op.

2

De eerste keer dat hij haar belde, lag ze in bad.

Het was tien uur 's ochtends.

'Hallo,' zei hij, 'ik sta in een Shell-station, onderweg naar Herentals.'

Ze schrok.

'... Is er iets?'

'Neenee, er is niets. Alles is prima. Eh, hoe gaat het met jullie?'

'... Goed.'

'Mooi. Nog altijd regen?'

'Ja.'

'Hier is het droog.'

Ze aarzelde.

'Bel je me daarvoor op? Is er echt niets?'

'Nee, helemaal niet. Ik heb net getankt, that's all. Wat ben jij aan het doen?'

'Ik lag in bad,' zei ze.

'O.'

Hij wist even niet hoe te reageren, stelde zich voor hoe ze daar nu bij de telefoon stond, op blote voeten die glimmende sporen hadden achtergelaten op de parketvloer in de hal, een vlugge handdoek om haar schouders geslagen, benen en onderlijf onbedekt, misschien wat schuim op de wang. Ze had wel kunnen uitglijden. Hij voelde zich een oen.

Hij vroeg iets over Katia, en zij over zijn route van die dag, en aan het einde zei ze dat het lief was van hem dat hij had gebeld.

Hij wou haar opnieuw bellen in Herentals, maar hij deed het niet. Ook de twee oproepen die hij voor de namiddag had voorzien, liet hij achterwege. Hij probeerde het wel, in gedachten, maar het verliep allemaal te rommelig.

Misschien moest je columnist zijn voor dat soort dingen, en in Amsterdam wonen.

Op de terugweg voelde hij iets wat hij niet kon benoemen. Maar al spoedig kwam het juiste woord. Hij schudde het hoofd: hij, jaloers op een dode Nederlander die hij nooit had gekend.

Toen hij thuiskwam, had hij bloemen voor haar mee. Ze kuste hem. In haar hals zat nog de geur van lavendelzeep.

Toen hem de week nadien het Halco-dossier werd ontnomen,

bleef hij 's avonds in Brussel hangen met Bernard. Hij vond het zeer cliché: tegenslag op het werk (aan dat dossier zat een stevige promotie vast), sterke vermoedens van machinaties achter de schermen (Bernard wist met zekerheid dat een 'hoge blauwe' naar de baas had gebeld), en dus niet naar huis maar in Le Vieux Ministre whisky zitten hijsen tot zelfs de simpelste syllabe bekneld raakte tussen tong en tanden. Ergens na zijn vierde toiletbezoek voelde hij Bernards arm om zijn nek ('We krijgen Verplaetse nog wel!'), zag de bezwete wangen van zijn gezel, die zich al opmaakten voor de ochtendscheerbeurt, en wist dat het tijd was om te vertrekken.

Ze was nog beneden, dodelijk ongerust.

Hij legde het uit.

Waarom had hij niet gebeld?

Ja, zo gaat dat. Eén glas, denk je, en *in no time* is het middernacht.

Middernacht? Had hij al eens op de klok gekeken? Hij had toch ook naar huis kunnen komen? Zij begreep toch ook wat dat dossier voor hem betekende? Zij was er toch ook bij betrokken? Was het nog niet genoeg dat ze elke minuut over Sven liep te piekeren? En dan nog wel met de auto...

Hij capituleerde, op elk front. Gaf haar gelijk nog voor ze was uitgesproken en begon op een bepaald ogenblik te huilen— gemeend, hij voelde het als een van zijn relevantste daden sinds jaren. Toen hij weer kon spreken, gulpten de woorden naar buiten. Hij zag ongeloof verschijnen in haar blik en kon zich twee seconden later al niet meer herinneren wat hij had gezegd. Er was slechts de echo van zijn op snikken voortdokkerende stem. Nog iets later leek het moment gekomen om met waardige pas de kamer te verlaten, wat hem net lukte.

In bed begon het huis om de lamp te tollen, ook toen hij die al had gedoofd.

Een flard Dean Martin werd aangezet. *You're not drunk yet, if you can still lie on the floor without holding on.*

Ze kwam uit de badkamer en kroop naast hem. Hij klemde zich aan haar vast, vol hoogtevrees, vertelde dat Bernard had gezegd dat haar figuur nog steeds, nog steeds... Hij kwam niet op het woord. Hij probeerde haar nachtjapon omhoog te trekken, maar dat lukte niet, hij bleef voortdurend haperen.

De volgende ochtend verontschuldigde hij zich. Ze haalde haar schouders op, zei dat het niet erg was.

Een rat werd wakker in zijn buik.

'Heb ik vervelende dingen gezegd?'

'Nee.'

'Echt niet?'

'Nee.'

'Ik hou van je.'

Ze knikte. Hij rilde: van de kater, van de woorden. Dit was zijn taal niet, hij had het nooit gekund, zou het nooit kunnen, dit soort dingen – zijn mond was daar niet voor gemaakt.

'Het zal niet meer gebeuren,' zei hij.

Ze glimlachte.

Hij bekeek haar lippen, de mate waarin haar boventanden zich ontblootten. De glimlach leek gemeend.

Toen de brievenbus klepte, holde ze naar de voordeur.

'Een kaartje van Sven,' riep ze.

Hij nam de trein, zat met een gevouwen krant op zijn schoot naar buiten te staren, waar niets ongewoons te zien was. Blokjes verkaveling, de flits van een paal, langsglijdende achtertuintjes vol schroot en hokken, en verderop trage bomenrijen.

Hij schrok toen ze Brussel binnenreden.


3


Toen hij de tweede keer belde, was de lijn in gesprek.

Het was vrijdag, de ochtendbriefing naderde, hij had niet veel tijd. Eén minuut later nam ze gelukkig wel op.

'Ik heb niet veel tijd,' zei hij. 'Alles oké?'
'Ja.'
'Ik heb daarnet al geprobeerd.'
'Wat?'
'Je te bellen. Met wie sprak je?'
'O. Denise wou weten of we onze reis al hadden geboekt. Je kent Denise. Pas als ze weet waar heel België naar toe gaat, kan ze zelf beslissingen nemen.'
'En?'
'Palma.'
'Daar zijn ze vorig jaar toch geweest?'
'Ja. Maar het was er pa–ra–dij–se–lijk. Dus...'
Hij lachte. Ze wou weten waarom hij belde, zo vroeg al. Hij kon toch maar pas op kantoor zijn?
'Gewoon,' zei hij, 'zomaar. Omdat...'
Hij kuchte onhandig.
'Om je stem even te horen,' zei hij.
Hij was er zeker van dat dit uit Ischa Meijers mond authentiek zou hebben geklonken, maar hijzelf voelde overal haartjes overeind komen. Hij was een oetlul. Misschien moest hij wat meer boeken lezen.
Ze lachte.
'Je lijkt Ischa Meijer wel,' zei ze.
Ze leek toch in haar nopjes.
Toen kwamen ze hem halen voor de briefing.

Na de middag probeerde hij het nog eens. Niemand antwoordde.
Hij betrapte zichzelf erop dat hij het signaal maar acht keer liet overgaan.
's Avonds gingen ze mosselen eten en toen ze terug waren (Katia was niet thuis), legde hij een cd met adagio's op en bij het licht van een muurlampje lieten ze zich op het tapijt zakken.
Het hele weekend was ze opgeruimd, voorkomend.

Hij genoot, werkte fluitend in de tuin.

Hij besloot ermee door te gaan en belde haar de volgende week opnieuw, volgens een ritme van twee- tot driemaal per dag.

Vlotte gesprekjes werden het nooit, maar hij vond van zichzelf dat hij toch enige routine verwierf. In de auto of trein bereidde hij al een en ander voor, zette zelfs één keer iets op papier. Hij werd alert voor frasen die hij tegenkwam in de krant, of opving op het werk (Bernard, de sprekende fallus, belde tijdens koffiepauzes altijd met vriendinnen), of via de radio, waarop hij uitgerekend die woensdagochtend, onderweg naar Oostende, een themaprogramma hoorde over de telefoon in de popmuziek. Allerlei oude nummers, die allerlei oude herinneringen naar boven wrikten. *No reply, Memphis Tennessee, Draai dan 797204, Chantilly lace, Le téléphone pleure, Sylvia's mother, He'll have to go, Tell her Johnny said goodbye.* Hij zat versteld van de hoeveelheid materiaal die de samenstellers hadden verzameld, bereikte de kust met een hoofd dat gonsde van nostalgie.

Toen hij 's avonds thuiskwam, had hij haar vijf keer opgebeld – een record.

De volgende dag totaliseerde hij vier gesprekken.

Op vrijdag, na de koffie, schraapte ze haar keel. Dat hij dit allemaal echt niet hoefde te doen, zei ze. Dat ze het vreselijk apprecieerde en lief vond en zo, maar dat, nou ja, ze wist natuurlijk wat erachter zat, maar hij was Ischa Meijer niet, noch zij Connie Palmen, en dus bleef het toch allemaal een beetje geforceerd. En vooral: ze hoorde best dat hij het voor haar deed en dat het hem moeite kostte en eerlijk gezegd, het kwam haar soms ook wat ongelegen. Zoals vanmiddag: haar strijkijzer op een hemd laten staan, dat was haar in jaren niet overkomen. En ze schrok ook telkens zo, vreesde dat er iets gebeurd was.

Ze stopte, durfde hem niet goed aan te kijken.

Hij nam een druif, knikte.

'Ben je nu boos?' vroeg ze.

'Nee, natuurlijk niet.'

'Ik vind het echt, écht heel lief.'

'Natuurlijk.'

'Geloof je mij?'

'Vanzelfsprekend.'

Hij stond op, kuste haar. 'Ik zal ermee ophouden,' beloofde hij.

Hij wou naar zijn werkkamer, maar ze hield hem tegen en trok hem op haar schoot, zoals ze het af en toe nog voor de grap met Sven deed. In tegenstelling tot zijn zoon stribbelde hij niet tegen.

Sven kwam thuis, bruin als zijn zus, en met een pols in het gips. Uitgegleden op het dek.

Waarom had hij niets laten weten?

Ach, hij wou hen niet ongerust maken. En mannen roepen niet zo vlug.

'Zo ben je altijd te bereiken,' zei Verplaetse. 'Als er iets belangrijks is.'

Verbaasd keek hij naar de mobiele telefoon die Verplaetse op zijn tafel had gelegd, samen met de handleiding. Sony CM-DX 1000. Verplaetse zei iets over een SIM-kaart en documenten en statuten, en dat hij straks maar eens langs moest komen. Toen was hij weg.

Was dit een compensatiegeschenk voor Halco? Hij nam het toestel vast, voelde meteen hoe prettig het pakte. Alsof de ontwerpers zijn hand als mal hadden gebruikt. Hij zag de slogan op de brochure: 'Pop up and phone!' Hij bladerde, las: slechts 235 gram, toegang tot GSM, supergeheugen, super service, Car-Kit voor gebruik in de auto, mogelijkheid tot communicatie met computer op kantoor. (GSM betekende Global System for Mobile Communication, ontdekte hij nu.)

Hij, opgenomen in het gilde der GSM'ers.

Beelden uit films en tv-spotjes kwamen hem voor de geest: vlotte, moderne zakenlui die onder aan de vliegtuigtrap (op weg naar Amsterdam, New York) nog snel de antenne uittrekken en instructies geven aan medewerkers in een verre skyline. Scherpe contouren van wolkenkrabbers tegen een oranje zonsondergang, een raam waarop de camera inzoomt, begeleid door een rauw-melancholische sax.

'Als er iets belangrijks is.'

Die Verplaetse.

Hij probeerde zich niet blij te voelen, maar was het wel. Het kind in de man–wanneer sterft het? Als de man sterft.

Hij wist niet van wie hij die woorden had.

Een impuls: haar straks opbellen. Vanuit zijn auto. Passerende chauffeurs zouden hem bekijken, terwijl de zon glansde op het dak van zijn Honda, dat jammer genoeg niet open kon.

Hij deed het niet. Het begon overigens alweer te regenen. En het duurde nog even voor de technische dienst de Car-Kit had geïnstalleerd.

Hij strooide gif achter het schuurtje, knipte een rond gat in de zijkant van een schoendoos en legde hem omgekeerd boven op de korrels.

De volgende dag lagen de korrels er nog, onaangeraakt. In de schuur was de vuilniszak aangevreten. Hij vloekte.

Hij nam de val van het rek, haalde een stukje kaas in de keuken, doopte het in de jam, prikte het op het pinnetje. De val zette hij naast de zak.

4

Hij was niet dronken (twee pilsjes, drie koffies). Het was ook niet zo vreselijk laat. En ze wist dat hij die avond teamvergadering had.

Af en toe werd hij gepasseerd door turbotuig van uiterst links, zoals Bernard, die zelf met een Alfa Romeo reed, ze noemde: de BMW's, de Mercedessen, de Audi's die twee stroken verder langs de vangrail opstormden naar de purperen streep aan de horizon, waar de nacht langzaam heen zakte. Hun rode lichten ijlden voorwaarts, tracers op de weg die ook hij diende te volgen. Zijn rijstrook lag er verlaten bij. Rechts vrachtwagenkonvooien.

De radio speelde een non-stop van easy-listening die hem verveelde. Andere stations leverden klassiek. De box met cassettes lag onbereikbaar op de achterbank. Hij draaide de radio uit.

De Sony hing zacht glimmend in zijn houder aan het dashboard. Stroomkabeltje ingeplugd in de aanstekerholte. Comfort-Kit, *hands free*-installatie met ingebouwde microfoon en extra versterker. Hij hoefde niet eens iets aan te raken als hij werd opgebeld. (Tot nu toe altijd Verplaetse, altijd met urgente berichten.)

Sedert het ding in zijn auto was ondergebracht, voelde hij zich anders. Jonger, dynamischer, meer *in control*. Dichter op de bal, maar ook gevaarlijker – zijn blik werd nog geregeld afgeleid en hij had al eens moeten remmen bij een zebrapad.

Ook nu weer moest hij kijken. De telefoon leek te leven, tot hem te spreken. Onder elke verlichtingspaal kwam hij even naar voren, toonde zijn soepele silhouet, trad dan terug in het halfduister.

Toen het purper zich oploste in het zwart, drukte hij haar nummer.

'Hallo?'

Hij kreeg iets van mensen die zich bij een oproep niet meteen bekend maakten. Alleen van haar accepteerde hij dat, hoewel het inmiddels verdacht veel op koppigheid begon te lijken. Hij had er wel honderd keer op gewezen.

'Ik,' zei hij.

'O. Is er iets?'

De dadelijke onrust.

'Nee hoor.'

'Wanneer ben je thuis?'

'Nog een halfuurtje, schat ik.'

'Wat is dat lawaai? Heb jij ook zoveel storing?'

'Ik bel vanuit mijn auto.'

'O!'

Haar verrassing klonk gemeend. Het was inderdaad de eerste keer dat hij de Sony op haar losliet.

'Nou nou,' zei ze. 'Als wij geen moderne mensen worden! En dat op onze leeftijd...'

Hij lachte.

'Ben je weer Ischa Meijer?' vroeg ze. 'Of wil je uitpakken met je nieuwe speeltje?'

Daar wist hij geen antwoord op, ook niet voor zichzelf.

Het was nog altijd bevreemdend, praten zonder een hoorn vast te houden. Alsof je tegen jezelf sprak en je de stem van de andere erbij inbeeldde.

Een Golf kwam langszij, traag, hem schijnbaar uitdagend voor een race.

'Hoe was de vergadering?' vroeg ze.

Hij zweeg, voelde de blik van de Golf-chauffeur op zich.

'Gaat wel,' zei hij.

'Problemen? Het Halco-dossier?'

'O nee. Dat is verleden tijd.'

De Golf was hem nu volledig voorbij.

'En thuis?' vroeg hij.

'Kalm. Katia en Sven zijn naar de bioscoop, met Filip en Donatienne. Ze blijven daar slapen.'

'O.'

'Je klinkt niet opgewekt.'

'Ik ben moe.'

Hij strekte onwillekeurig zijn nek, onderdrukte een kreun. Een volgende auto, waarvan hij het merk niet kende, schoot langs, remde, ging op de achterbumper van de Golf hangen, die ijlings plaatsmaakte.

Zijn blik zocht de microfoon in het dashboard. Hij zag hem nauwelijks.

'Was Verplaetse in vorm?'

Hij haalde de schouders op.

'Niet echt,' zei hij. 'Niemand was in vorm.'

'Hoezo?'

'Daphne moest meteen weg.'

'Waarom?'

'Er is iets met haar dochter.'

'Haar dochter?'

'Ja, ze hebben iets ontdekt, het moet nader onderzocht worden. Opname volgende week al, geloof ik.'

'Ai.'

'Ja. Ze was nogal emotioneel.'

'Dat kan ik begrijpen.'

'Dat kind is even oud als Katia.'

'God.'

Hij knikte, zag dat de naald op honderddertig hing, nam gas terug. Een donkere strook waar twee opeenvolgende verlichtingspalen ontbraken. Toen haar stem zich weer meldde, gegenereerd door zijn dashboard, niet te lokaliseren, leek ze off-screen-commentaar, ingeschakeld ten behoeve van een onzichtbaar publiek.

'Zitten jullie nog altijd in die commissie?'

'Welke commissie?'

'Daphne en jij. In dat pr-project.'

Dat was niet zo eenvoudig te beantwoorden.

'Ja,' zei hij. 'Of nee, eigenlijk. Ik ben al een tijdje niet meer geweest. Het is nooit meer... Het was moeilijk nadat... Zie je, nadat we samen... Het was moeilijk de juiste toon weer te treffen—als collega's, bedoel ik. Geen van ons beiden wou dat het uit de hand liep. Het was iets van één nacht geweest, echt waar, zo cliché als maar kan. Jij naar je moeder, wij late vergadering, ik haar een lift, nog een glas bij haar thuis, *Out of Africa* op tv, jezus, jezus, godjezuschristus...'

Zijn stem brak. Hij zweeg.

Het spijt me, klonk het in hem, het spijt me echt. Maar hij voelde haartjes overeind komen op zijn onderarmen.

24

De vrachtwagen die hij inhaalde was Brits. Alsof het gevaarte chauffeurloos door de nacht denderde.

Ze had een bericht op de keukentafel gelegd.

*Ben naar Denise.*
*Er zit een rat in de val.*
*Moussakarestje in ijskast.*

Hij ging zitten, starend naar haar regelmatige handschrift.

Hij trok zijn das los, nam een pen uit zijn borstzak, zette een streepje tussen 'moussaka' en 'restje'.

# 3 Neanderthal

Er was een rommelig tuintje naast het huis van de tankstationhouder en daarin, op een regenton, stond een kooi.

Achter de tralies, in schemerig groen, klonken doordringende fluittonen.

De zanglijster had het naar zijn zin. Als jong was hij uit de boom gevallen en de vrouw van de tankstationhouder had hem opgeraapt, drooggewreven en gevoerd met stukjes in melk gesopt brood.

Nu was hij groot.

De hele dag door zong hij. Al zijn liedjes, waarvan hij er evenveel kende als hij namen droeg. En de leukste frasen herhaalde hij telkens een keer of drie. En wanneer hem dat niet genoeg was, nam hij interessante noten over van vogels in de buurt: een vink in de vlierboom, of een door de elzenkruin buitelende mees.

Fijne lijster, zo heette hij in de streek. En elders kleine lijster, of slijkmerel. Titser of kluister. Nog verder weg song thrush, grive musicienne, Singdrossel. Kon allemaal.

Boven hem, hoog aan de hemel, reisde een witte streep westwaarts. Langzaam, getrokken door een blinkend speldenkopje, dat zich eigenlijk een beetje belachelijk maakte door samen met de zon in dezelfde ruimte te zijn. Maar toch gaf het geen meter prijs, terwijl die zon rood werd en steeds verder wegzakte, als een ballonvaarder in moeilijkheden, of die een landingsmanoeuvre begint, omdat de nacht valt.

Vlucht LH049 verliep voorspoedig. Een stewardess bracht de whisky van een grafelijk besnorde heer, die vriendelijk dankte. Zijn aardigheid was spontaan, niet de branie van Vlaamse playboys of vliegangstige hazen.

Ze keerde terug en hervatte haar gesprek met een collega, over een Amerikaanse stewardess die de tabaksindustrie een proces had aangedaan, omdat ze haar longkanker weet aan jaren dienst in rokerige PanAm-cabines.

De whisky smaakte.

Nu reed de laatste auto weg, de tankstationhouder spande een ketting dwars over de twee oprijstroken en keerde aan al zijn pompen een bordje om.

GESLOTEN.

Hij ging het kantoor in, waarvoor even later een traliehek neerzakte.

Een vrachtwagen kwam voorbij, vertraagde, draaide het kruispunt op, verwijderde zich met grommende motor.

Alleen het liedje bleef achter.

Uit een boom aan de overkant maakte zich een donker voorwerp los, dat golvend over de straat scheerde, snelheid won, toen afremde met twee korte wiekslagen en in de acacia naast de kooi dook.

De zanglijster zweeg.

Hij wipte op een ander stokje, keek omhoog. In de takkenwirwar, een meter boven hem, ontwaarde hij een gestalte. Een vogel als hemzelf, zijn verrassend evenbeeld. Maar robuuster, zwijgzaam, schuw weggedoken tussen de bladeren.

Ze keken elkaar aan, de zanglijster draaiend met zijn kop, als vond hij de juiste focus niet, als had de witte flits van de ondervleugels bij de landing hem verblind.

Hij tuurde naar de vlekken op de borst, nog dichter gezaaid dan de zijne, ronder ook. Hij zag de grijze rug, het rijzige profiel.

Hun blikken bleven in elkaar gevangen.
Toen vloog de grote lijster op en verdween.

# 4 Blowers, zuipers, housers

1

'Hoe vinjennum?' vroeg hij.

Ze aarzelde.

Ach juist, dacht ze. Hij is leraar Nederlands. Wat hij wil zeggen is: hoe vind je hem? Wat vindt g'ervan.

'Ik vind hem heel mooi,' zei ze.

Ze meende het, tilde de paraplu op naar het lamplicht, zodat ze de vormgeving vanuit alle hoeken kon bekijken. Mijn 'l' lukt niet meer, dacht ze. Heemmooi, heb ik gezegd. Zou hij dat gehoord hebben?

'*God rest you merry gentlemen, let nothing you dismay*,' zongen de speakers.

Toeval bestaat niet, natuurlijk, en deze champagne was bijzonder lekker, voor zijn prijs.

'Héél mooi,' zei ze nog eens, extra uitkijkend voor assimilatie.

Ze had deze term van hem, van de avond toen hij aan Steven verklaarde hoe 'pollepel' ooit 'potlepel' was geweest, voor het woord – zonder de hulp van een sprankelende Comte d'Auzac, alleen door de luiheid der Nederduitse tongen – aan assimilatie ten prooi was gevallen.

Ze zag nu het merkplaatje op de paraplu, trok haar wenkbrauwen op en liet een enthousiast 'hm' horen, hoewel de naam haar niets zei.

Hij glimlachte trots.

'En verlies hem nu weer niet,' zei hij.

Ze stond op, zocht voorzichtig een weg tussen Steven en het

met glazen bedekte tafeltje, zei 'Dank je wel, schat' en zoende hem diep in zijn mond.

'Hey,' schrok hij, toen ze losliet, meer met zijn ogen dan met zijn hoofd naar de kinderen gebarend.

Maar Steven en Kathy zagen niets, die waren veel te druk bezig met hun eigen cadeautjes.

Het tapijt was een onoverzichtelijke wirwar van gescheurd inpakpapier en kleurige, krullige lintjes. Zou dit geen ongeluk brengen? Het was pas zeventien december. De pakjes meenemen naar Interlaken had echter niemand een goed idee geleken. Daarom maar op 'boomdag'–dag waarop ze de kerstboom binnenhaalden (hij en zijn lumbago, ieder jaar worstelend met achter de terrasdeur klem rakende takken) en daar traditioneel een feestje bij bouwden.

Ze herinnerde zich een kerstavond in hun vorige huis (was Kathy al geboren?), toen een ijverige tante een armvol papier tot een prop had geduwd en in de haard had gelegd. Er was een vlam ontstaan die iedereen verschrikt had doen opspringen en kort daarna was de schouw aan het brullen gegaan, alsof er een troep leeuwen in zat. Buiten sloegen metershoge vlammen uit de schoorsteenkap, spookachtig wegwaaierend in de vriesnacht, paniekerige stemmen gingen aan het commanderen, maar tegen de tijd dat de brandweer eraan kwam, was het vuur al uit zichzelf gedoofd.

Hier zou dit niet meer gebeuren. *Mocht* dit gebeuren, zelfs. Deze schoorsteen was opgetrokken uit vuurvast materiaal, daar hadden ze bij het ontwerp op aangedrongen. En geen beter middel om een schoorsteen te reinigen dan een flinke brand, wisten talloze vrienden hun te vertellen, omdat ze dat ook ergens hadden gehoord.

Ze bukte zich, graaide in het glinsterende papier, propte er wat van samen en mikte het naar de haard. Ze trof het smeedijzeren rooster, het balletje wipte hoog op, maar viel aan de goede kant. Het begon te branden in psychedelische tinten: paarsblauw met oranje topjes.

'Voorzichtig,' zei hij. 'Denk aan tante Ilona.'

Tante Pyroma, dacht ze. Zo werd het goede mens na de gebeurtenissen herdoopt, maar sedert ze gestorven was, noemde iedereen haar weer bij haar echte naam.

Zo trekt de dood alles in juiste banen.

Steven en Kathy waren intussen verwikkeld in een dispuut over zangers. Steven zwaaide erbij met zijn nieuwe cd's. REM en Oasis: ze was ze zelf gaan kopen in een zaak op de Boterlei, waar ze zich tussen de rest van de klandizie honderd jaar had gevoeld, maar de prijzen waren er inderdaad onklopbaar.

*'Oh Tannenbaum, oh Tannenbaum...'*

Hij zat mee te zingen, in vlekkeloos Duits. Alle umlauts waar ze hoorden: 'grün,' en 'Blättern'–met een mooi huig-erretje. Straks zou ze een klassieke cd opleggen. *Kerstliederen*, van I Fiamminghi. 'Puer Natus', 'Adeste Fideles'.

Ze nam de fles en schonk voor hen allebei nog eens in.

'Kalmpjes aan,' zei hij. 'Er volgt nog meer.'

Hij beduidde geheimzinnig naar de keukendeur, waarachter de afzuigkap (zeg niet: 'dampkap') te horen was, en zij trok haar nieuwsgierigste gezicht en vroeg of hij echt niets wou prijsgeven. Nee, uitgesloten, het moest een verrassing blijven, maar het was wel iets voor gevorderden, sprak hij enigmatisch en nam een slok, terwijl zijn ogen haar boven de rand van het glas plagend bleven aankijken.

Ze herinnerde zich de cognac en de Amaretto die hij tegen vijven uit de bar was komen halen, haastig, een vlekkerig papiertje met krabbels in de hand.

De hele middag was de keuken verboden terrein geweest, en ook uit de kinderen, die de boodschappen hadden gedaan, had ze niets losgekregen, hoewel ze het de hele week geprobeerd had, want ze wou geen spelbreker zijn. Pathetisch gesmeekt, gedreigd cadeautjes te zullen achterhouden. Pf, had Steven gezegd, dat doe je toch niet. Daarvoor ben je te soft.

'Ik kan trouwens beter es een kijkje nemen,' zei hij.

Hij zette zijn glas neer, stond op en knoopte het schort om, dat aan de leuning van de stoel hing.

Ze kusten nogmaals, hij met zuinig geopende lippen, zodat ze dit keer geen gekheid kon uithalen. Maar haar watervlugge hand greep hem in zijn kruis, waardoor hij alsnog met een hik achterwaarts veerde en een kerstboombelletje aan het tingelen bracht.

Kathy en Steven keken op.

Zij proestte het uit.

'Wat scheelt er?' vroeg Steven.

'Niets,' zei ze.

'Kom nou, zeg het ons. Paps?'

'Niets,' zei hij en verdween hoofdschuddend naar de keuken.

Ze stak haar tong uit naar Kathy en liet zich op de bank glijden. Ze dronk en keek door halfgesloten oogleden de kamer in. Glinsterende straaltjes schoten van overal op haar toe, recht en lang, als ontstaan voorbij de horizon – kosmisch spinrag dat zich aan haar wimpers kwam hechten en slechts in tweede instantie iets te maken leek te hebben met de werkelijke bron: de haard in het noorden, de kerstboom in het zuiden, in het westen de tafel met wijnglazen en Amnesty-kaarsen, en daarachter, als een ondergaand zonnetje, de rode kerstbal boven het vensterraam.

Zoeklichtjes.

*'Een sterre die stond er in 't oosten, en wees er de stal met het kind...'*

Kathy kwam overeind, greep de colafles en schonk haar glas vol.

'En ik?' vroeg Steven.

'Ja zeg, geef me even de tijd.'

'Voorwaar Ik zeg u: wie niet eerst voor zijn broeder zorgt, zorgt niet voor Mij.'

Stevens kerstrapport had uit tien blauwe en drie rode cijfers bestaan. Van die drie was godsdienst het roodste. De oude herrie. Waarom hij naar een bisschoppelijk college moest, als zijn ouders zelf niet praktiseerden? Voor de afstand? Bullshit. En in

34

die godsdienst werd wat afgezeikt. En dat paps daar lesgaf, was nog vervelender.

Zijn vader was boos geworden. Dat hij op zijn woorden moest letten. En dat hij beter wat minder Brusselmans kon lezen.

Ze dronk nog eens, probeerde zich de categorieën te herinneren waarin Steven de jeugd die ochtend had ingedeeld, toen het ontbijtgesprek op het uitgaansleven was gekomen. Blowers, zuipers en housers. Ook te omschrijven als de filosofische, de epicuristische en de materialistische richting. De eersten torsten het wereldleed op hun schouders, de tweeden geloofden in de vooruitgangsidee en de maakbaarheid van de samenleving, vooral als dit bij de bar kon worden geregeld, en de derden hadden een gedachtegoed dat even hol en drammerig was als hun muziek.

In de keuken klonk het geluid van botsende pannen.

Ze bekeek haar gekuifde zoon: cola drinkend uit de fles, uitzonderlijk begaafd, vol termen en inzichten die haar elke dag weer verbaasden en vulden met een mengsel van angstige trots en irritatie. Tegen zijn kennis had ze geen verweer. Ook niet tegen zijn gedrag. De logica waarmee hij elke rebellie verantwoordde. En op andere momenten–zo lief en aanhankelijk. Tegenover haar, meer dan tegenover hem.

Ze duwde een lok achter haar oor en verjoeg die laatste gedachte.

'Steven, wil je uit je glas drinken?'

'Ja, ma.'

Hij schroefde de dop weer vast, zonder zijn ogen van het cd-boekje af te nemen.

Kathy nam nog een pizzaschijfje en begon bedachtzaam kauwend een nagelriem achteruit te duwen met de vorksteel.

Ze sloot haar ogen, voelde de loomheid bezit van haar nemen. In de keuken zweeg de afzuigkap. Het woord deed haar aan condooms denken. Stond het artikel in *Flair* of *Margriet*? 'Aids en de opvoeding'. De absolute noodzaak van voorlichting.

35

Moest ze het met Kathy werkelijk al hebben over fellatio en de risico's ervan?

Haar duim kleefde nog van dennenhars. Drie uur was ze met de kerstboom bezig geweest. Straks, wanneer de kinderen naar bed waren, zouden ze weer–helemaal volgens traditie–alle lichten uitdoen en in het schijnsel van haard en zilverglans mekaar uit de kleren helpen en op het tapijt zakken en–Stevens woord –'rampetampen' tot zij erin zou blijven. Dat was elk jaar zo: de boomneuk–delirisch, beangstigend.

Ze probeerde zich zijn penis voor te stellen met een condoom.

Ze voelde haar hart zwellen, ging rechtop zitten, strekte haar arm om het glas op de tafel te zetten. Iets porde in haar dij. Ze tastte en haar hand sloot zich om het gladde metaal van de parapluknop.

2

De volgende dag was zaterdag en het sneeuwde niet, zoals de weerman had voorspeld.

Ze liep door het winkelende dorp en probeerde de hulsttakjes, de witbespoten etalages, de van gevel tot gevel golvende lampensnoertjes een zinvolle plaats te geven in een dag die zijn nek introk onder de lage wolken, waaruit af en toe wat motregen viel. Toen ze bij de slager naar buiten ging, wees de thermometer zestien graden.

Ze wist dat de verhalen over vroegere harde winters statistisch geen steek hielden. Dat er in de dagen van Brueghel misschien een ijstijdje was geweest. Dat er zelfs bij Dickens nauwelijks witte tapijten voorkwamen. Toch had ook zij die overtuiging: dat het in haar kinderjaren vaker sneeuwde. Ze herinnerde zich een tocht naar de nachtmis door een enkelhoge laag: zij, haar vader, haar zussen, tante Ilona, die het koor dirigeerde en onderweg moest worden opgepikt. Al van bij het groene hekje hoorden ze haar schrille sopraan in de weer met Susa-Nina, of de herders, of het kindeke zelve.

Van de slager liep ze naar de bakker.

In alle vensters volgde haar silhouet onder de weidse paraplu. Te weids, vond ze eigenlijk. Maar buitenmaatse afmetingen zijn vaak een teken van exclusiviteit. Havanna's, Rolls Royce, de broeken van FC Turijn.

Ze voelde zich dankbaar.

Ze wou dat het sneeuwde.


Na de middag deed ze een dutje.

Toen ze opstond, was ze alleen. Kathy en Steven waren naar de bioscoop, hij naar een vergadering van de toneelkring. Planning voor het komende werkingsjaar: *Antigone* en nog eens *Antigone*, door hem te herschrijven tot een volkse tragedie, gesitueerd in een Vlaams dorp anno nu. Steven had er zijn bedenkingen bij: grow up, pa – anno nu, dat is Internet en multimedia. Niet preutse prinsesjes met een geweten.

Ze maakte het bed op, nam een douche.

Bij de trap hing hun trouwfoto. Ze drukte een kus op zijn onwennige glimlachje en zag onmiddellijk drie, vier flitsen van hun huwelijksfeest terug, alsof de beelden ontstonden uit de kortsluiting van haar lippen met het koude glas – de schrijnvormige taart, de luie ventilator tegen de zoldering van de Carrousel, zijn halflange kapsel en de trapezia van zijn bakkebaarden, de tranen van haar grootvader. Hoe hij haar de drempel had overgedragen, thee gezet, 'Nights in white satin' opgelegd – het nummer waarop ze enkele uren eerder de dans hadden geopend, onder het applaus van plots in de duisternis teruggeduwde aanwezigen: alleen hij en zij waren er nog, twee lichamen, langzaam bewegend in de voor hen gereserveerde lichtcirkel en ook bij hun splinternieuwe bed probeerde hij ze geformuleerd te krijgen, woorden die zodra ze bestonden pathetisch aan het strompelen gingen en daardoor, zoals elke gehandicapte, de behoefte wekten iets te doen – een deur te openen, een stoel bij te trekken. Ze had zijn riem losgegespt en een grapje gemaakt waarom hij niet had moeten lachen.

Amper een week later was de Carrousel van eigenaar veranderd en werd een stripteasetent.

('Waar was jullie bruiloft?' – 'In de Carrousel.' – 'O.')

Tegen de avond hield het op met regenen en werd het kouder. Ze voelde het, toen ze de vuilniszak naar de garage droeg. Ze keek omhoog en zag hemelflarden met sterren.

Om negen uur ging de telefoon.

'Alain,' zei ze, toen ze terug was. 'Hij vroeg of Steven dinsdag kan komen in plaats van maandag. Zelfde uur.'

'Godverdomme!' zei Steven.

'Steven!'

'Ik heb afgesproken met Karel en Dieter. We gaan cd's beluisteren.'

'Dat kan morgen toch ook, of overmorgen?'

'Nee, zeg ik. En ge moogt eerst wel eens vragen of het *mij* uitkomt.'

'*Je*, Steven – *je* mag. Niet: ge moogt.'

'Hou je mond, Kathy. Overigens heeft Steven wel gelijk, schat.'

'Het ging niet anders. Alain zit tot maandagavond op een congres in Leiden.'

'Weet hij dat nu pas?'

'Ja, hij zou eerst niet gaan, maar vertrekt nu toch, vanavond nog.'

'Dan sla ik maar eens over. Het gaat prima. En het is vakantie.'

'Dat zou ik niet doen, Steven. Het is belangrijk voor de therapie dat je regelmaat houdt.'

Er volgde een scène, die eindigde met Stevens vlucht naar zijn kamer, waar spoedig hompende bassen opstegen. Ook Kathy had geen zin meer in tv en trok naar de computerhoek.

Ze praatten stilletjes tegen elkaar. Ze moesten in ieder geval een crisis vermijden, vond hij, met de vakantie voor de deur. En het ging nu net iets beter. Dat had Vaneertvelde, Stevens klassenleraar, hem eergisteren nog nadrukkelijk verzekerd. Van echt isolement was geen sprake meer. En die studiebegeleiding... Misschien moesten ze toch maar eens overwegen dat in eigen handen te nemen. Hij zat per slot van rekening zelf in het vak en...

Neen, zei ze. We mogen Alain niet afvallen. Niet nu. Hij heeft voor de doorbraak gezorgd. Laat alles nog even op zijn beloop. En overigens sprak hij tegenover Steven beter niet van 'therapie'—dat wist hij toch? Alain zei dat...

Toen Kathy naar boven ging, zetten ze de tv af, namen een cognac en luisterden naar het Weinachts-Oratorium op BRT3.

Zijn arm lag om haar schouders, de haard knetterde, ze voelde zich weer veilig, tevreden—het was een goed gesprek geweest. Alles kwam in orde.

Kijk toch naar die kerstboom: geen plant meer, maar een excuus voor honderd lampjes en balletjes. Zij gaven hem gestalte, niet zijn onzichtbare naalden en takken. Een huismelkwegje, druipend van engelenhaar. Ze had altijd van overvloed gehouden. Ik ben gelukkig, dacht ze, ondanks het reusachtige cliché waaraan ze—dat was ze zich ten volle bewust—haar roes ontleende.

Zou hij dat ook kunnen? Zich wegdenken van de zinsbegoocheling en er precies daardoor in opgaan?

'Je bent maar beter niet zo slim.' Kathy's woorden, een aantal maanden geleden.

Ze sloot haar ogen en voelde een traan rollen.

# 3

Klaus Maria zat op zijn knieën tussen de sparren, daarom durfde ze niet goed te blijven staan.

Haar ogen spiedden in het rond. Niets.

Ze trok haar kraag op, stapte verder.

Drie kraaien dreven richting kanaal, met trage vleugelslag.

Vijf maanden geleden was het nu al, midden augustus, toen ze hier op een avond voorbij waren gewandeld en op het katje waren gestuit. Grienend en mauwend stond het bij de brievenbus, één en al hulpeloosheid, verweesdheid. Waar het zo opeens vandaan kwam, hadden ze niet gezien, maar dadelijk liep het op hen af en begon zijn rugje tegen haar been aan te wrijven. Ze nam het op, sprak het aaiend en liefkozend toe en bracht het terug. Maar zo had het katje het niet begrepen. Het kwam hen weer achternagedribbeld, een kort staartje pijlrecht omhoog, geluiden producerend die steeds meer op 'mama' begonnen te lijken. Weer droeg ze het terug, een eind voorbij de bus deze keer, intussen kijkend of ze niemand in de tuin of achter de ramen zag. Nee, alles potdicht, gordijnen strak gesloten – deze bewoners sliepen of waren met vakantie. Ze repte zich terug naar de straat, zette er, hem bij de arm nemend, flink de pas in. Niet achteromkijken, zei ze. Helpt dat, vroeg hij. Nee blijkbaar, want daar hoorden ze het geweeklaag alweer. Het beestje kwam er weer aan, midden op de rijweg, met zijn iele geluidjes en korte pootjes.

Die kat kwam weer, grapte hij.

Nu droeg ze het helemaal naar de achterkant van het huis, klopte op een deur, niemand antwoordde, ook een zijgebouw bleek op slot, nergens een spoor van een moederkat. Ze aarzelde, hoorde en voelde het spinnende lijfje tegen haar buik. Ten einde raad liep ze het tuinpad af tot bij een kleine schuur, gooide het katje onder een rododendron die de hele achterzijde bedekte, holde zo snel ze kon terug naar de straat, waar ze zich op een drafje uit de voeten maakten. Net voor de bocht keek ze nog even om: de weg was verlaten.

's Avonds al kreeg ze schuldgevoelens. Ze raakte ze niet kwijt. Twee dagen later schrok ze zelfs wakker uit een nachtmerrie. Een vage scène van verlies en verwaarlozing, waarvan ze de beklemming tot tegen de middag meesleepte. Hij vroeg wat er scheelde. Ze vertelde het hem, lichtjes beschaamd. Dat het diertje misschien verhongerd was, onder een auto gesukkeld, doodgebeten door een hond. Hij moest lachen. Katten waren taaie beesten, zei hij.

Het ging over.

Toch, wanneer ze nadien het huis voorbijkwam, vertraagde ze even en keek in het rond. Het katje liet zich niet meer zien. Soms hing een parkiet aan de muur, maar toen de koude inzette, verdween ook die. Andere katten in de buurt waren te oud, te groot, ofschoon ze af en toe twijfelde. Hoe snel groeiden kattenjongen? De tekening op de pels klopte echter nooit. Die zwarte rugstreep, dat witte befje.

Intussen was een halfjaar verstreken en was Klaus Maria een vertrouwde verschijning geworden.

Al de eerste keer deed hij haar aan een filmster denken, zoals hij daar stond in ontbloot bovenlijf en het grasperk voor het huis besproeide.

Het was kort na die augustusavond, ze was alleen en dacht: waarom vraag ik hem niet naar het katje? Maar iets weerhield haar.

Ze vervolgde haar weg, zichzelf vermanend: dat het nu maar eens gedaan moest zijn. Dat ze zich genoeg had aangesteld. En toen probeerde ze zich te binnen te brengen aan wie zijn gezicht haar had herinnerd. Een bekend acteur, maar wie?

Pas toen ze hem de tweede keer zag, kartonnen dozen in zijn auto ladend, wist ze het: Klaus Maria Brandauer. Diezelfde vierkantige, wat rurale kop, diezelfde indringende ogen. Dat jongensachtig branie.

Ze kende verschillende films met Brandauer, maar vooral *The Russia House* kwam haar voor de geest. Ze hadden hem samen gezien in de Decascoop, in het kleine zaaltje, en ze herinnerde zich de deprimerende sfeer van natte sovjetsteden vol beton en roestige trolleybussen. Hij had gegeild op Michelle Pfeiffer, dat had ze duidelijk gemerkt bij het drankje achteraf, en hij had het niet willen toegeven, uit consideratie voor haar, terwijl zij het net stimulerend had gevonden indien hij het wel had erkend. In plaats daarvan had hij een gratuit discours over Pfeiffers acteerprestaties ontwikkeld. Het was zes uur, toen ze in halve ruzie naar huis reden. Zes uur op zondagavond, wanneer de week implodeert en allerlei ondefinieerbare zorgen en zwarigheden neerdalen op de westerse mens. Fin-de-semaine, oktober en grimmige stapelwolken boven de snelweg. En thuis Kathy in bed met wat later klierkoorts zou blijken te zijn.

In de weken die volgden, groeide haar indruk: dit was Brandauers spiegelbeeld.

Ze betrapte zichzelf erop dat ze routes manipuleerde, zodat ze voorbij het huis moest. Af en toe zag ze ook een vrouw en een meisje. Maar vooral hem: bezig op zijn dak met ontmossingsapparatuur, garagedeuren vervend, heggen snoeiend. De vierde keer weer in bloot bovenlijf – gespierd, met een buikje.

Maar geen kat.

Ze begon hem voor zichzelf zo te noemen: Klaus Maria.


4


Niets is prettiger dan alleen zijn, als je weet dat er straks iemand naar huis komt.

Dit waren woorden van Yolande, haar vriendin, de dichteres.

Yolande woonde aan het kanaal, een wandeling langs de volkstuintjes van heen en terug zo'n anderhalf uur – haar geliefkoosde afstand. Ze deed niets liever dan wandelen: de perfecte symbiose van beweging en gedachte, vond ze, van daad en idee. Het ritme van de stappen als zeef voor wat in het hoofd keert en wentelt: problemen worden getrieerd, futiliteiten vallen in de berm.

Wel niet zonder risico, vond hij. De laatste tijd moest je nergens meer van schrikken. Ook in dit gat kon een verkrachter uit de struiken springen. Zou ze geen hond nemen? Hij had in ieder geval niet graag dat ze er 's avonds nog op uittrok. Zeker niet richting kanaal.

Maar ze wuifde zijn bezwaren weg. Ze was oud genoeg. Precies oud genoeg om geen verkrachters meer aan te trekken.

Hij had daar niet om kunnen lachen.

De avond was droog, de hemel helder. Alleen in het westen hingen rozig-transparante wolken boven de eerste flatgebouwen.

Al op de brug zag ze Yolandes hoge spar in de voortuin, die ze zoals elk jaar ten koste van reëel lijfsgevaar met rode en gele lampen had behangen. In de top zat zelfs een ster.

Yolande liet haar binnen met haar gewone kus: een kreunend en van ver ingeleide smak, die ergens achter haar slaap belandde.

Ze dronken een sherry, bespraken het leven in dorp en gezin. Hoe het met Steven was, en of Yolande nu al nieuws had van Geoffrey. Nee, de onderhandelingen met Taiwan waren nog niet rond, maar hij had zijn woord gegeven dat hij met oudejaar thuis zou zijn. Waren zij thuis met oudejaar? – Nee, donderdag vertrokken ze en kwamen pas op twee januari terug. De laatste dag van de vakantie.

Zondag, dacht ze. Ze kon het zich nu al voorstellen: de rit van Zaventem naar huis, de stilte in de auto, de wurgende banaliteit van het sneeuwloze Vlaamse landschap.

Toen vertelde Yolande over het dichtersbestaan. Ze had net een reisbeurs gekregen van het ministerie en zou in de lente naar Santiago vertrekken. Ach, die Neruda-studie – die betekende nog eens haar dood. Vier jaar nu al. Maar zo fascinerend.

Ze luisterde: naar Yolandes woorden die rondspatten als vallende knikkers, de driftige schets van een wereld vol projecten en ideeën en hoge betrachtingen. Ze luisterde en zag het schijnsel van de lampen in de tuin en dacht aan lang geleden: haar eigen middelbare school, en hoe zij de beste opstellen schreef en daarna op het gemeentehuis ging werken, omdat ze het studeren moe was, en toen trouwde en na de dood van haar schoonvader-bankier ontslag nam.

Nu had Yolande een tijdschrift in haar hand en las een gedicht voor van haarzelf dat net gepubliceerd was. Het ging over herfst en paddestoelen.

'Hm,' zei ze bewonderend.

Ze meende het. En opeens dacht ze: hé, misschien zat hij dat te doen, paddestoelen plukken. Want net voor Klaus Maria uit het zicht verdween, had ze hem overeind zien komen met een mandje in zijn hand.

Wel wat laat op het jaar.

Yolande was blij met de lof. Ze zag er goed uit in haar zwarte pakje, dat iets priesterlijks had. Achter haar, in de kegel van een gele spot, stond de trofee die ze onlangs op een landjuweel had gewonnen: het bronzen hoofd van een renaissancedichter, op wiens naam ze met geen geweld kon komen. En boven dit alles hingen de stemmen van het Huelgas-ensemble, zich met elkaar verwevend in het lome liefdesspel van de polyfonie: klagend, lokkend, verlangend. Meeuwen, daaraan deed het haar ook denken, zeevogels in volle hemel. Ieder individu dalend en klimmend volgens de logica van zijn eigen guirlandes, maar toch deel van hetzelfde geheel: een havenzicht, het strandleven, een versgeploegd veld.

Niet vergeten de zaklamp in te pakken, dacht ze. En morgen de reisverzekering.

Hun eerste kerst-skivakantie. Jammer, ze was liever thuis nu. Maar de kunst ging voor, uiteraard. Krokusvakantie opgeëist door Antigone – het zij zo. In ieder geval zou ze nu een witte kerst hebben. Hoewel het smokkelen was, als je die in het buitenland ging zoeken.

Interlaken – alleen al de naam sprak van blankheid, van zacht krakend textiel.

'En,' zei Yolande, 'van de andere fronten geen nieuws?'

Na het eten pakte ze nog wat kleren in, vulde het eerstehulpkoffertje.

Ze zette de strijkplank op, maar borg deze na één hemd alweer weg.

'Ik ga slapen,' zei ze, 'ik ben moe.'

Hij keek op van zijn boeken, verstrooid over de rand van zijn leesbril starend.

'Hm,' bromde hij. 'Slaap lekker.'

'Maak je het niet te lang?'

'Nee hoor.'

In bed speelde zich het gesprek met Steven weer af. Nee, hij zou 's anderendaags niet naar Alain gaan. Nee, ze moesten niet aandringen, het was niet afgesproken, er kwam niets van in huis.

Ze hoorde de haardroger van Kathy, dommelde in.

Dinsdag opende druilerig, met een nerveuze, door windstoten geanimeerde tuin. Dorre bladeren op het gras, die nog maar eens waren overgewaaid uit de boomgaard van de buren. Onder de acacia de kale plek waar hij 's zomers de herbicide had gemorst.

Ze ontbeten samen, de kinderen sliepen nog.

Praten over de reis en dan: wat met Alain?

Steven zou niet gaan, zoveel was zeker. Hem dwingen betekende oorlog, twee dagen voor Zwitserland. Alain zou dat zelf afkeuren. Steven had geen dwang maar oriëntatiepunten nodig, duidelijke structuren. Als die werden doorbroken, raakte hij uit balans.

Waarom had Alain dan de afspraak verschoven? En zo laat nog?

Tja, dat congres... Hij zat er erg mee, dat had ze duidelijk gehoord aan de telefoon.

Hij haalde zijn schouders op.

De hark bij het terrasraam viel om, rondvliegende bladeren kwamen tegen het glas tikken – haastige passanten die even checkten wie er binnen zat en zich dan ontgoocheld verder spoedden.

'Ik zal het Alain gaan uitleggen,' zei ze. 'Hier moeten we ons niet met een telefoontje van afmaken.'

Hij dacht even na, knikte.

'Ja,' zei hij, 'misschien is dat het beste.'

De rest van de ochtend keek hij opstellen na. Zij deed een paar boodschappen, ging naar de bank en toen ze terugkwam, zat hij met Kathy voor het computerscherm. Ze hoorde Schubert-muziek, zag een sprekend hoofd in een kadertje. Kathy had haar uniform al aan. Steven lag nog altijd in bed.

Ze maakte het eten klaar en terwijl de soep opstond, bracht ze hem een sherry en Kathy een glaasje Appletise. Ze kreeg een kus als beloning en kneep hem daarbij in de lenden, zodat hij zijn glas bijna liet vallen. Kathy gierde het uit, nam het van haar over en nog tot in de keuken hoorde ze zijn gesmoord hulpgeroep. Ze keek om de hoek en zag hem op het tapijt liggen met Kathy boven op zich, worstelend om haar handen tegen te houden, zijn gezicht bedolven in de sluier van haar lange haren, haar rok opgeschort door de hevige strijd.

Ze trok zich terug, schakelde de afzuigkap aan.

Steven stond op en iedereen ging aan tafel.

Tegen twee uur had ze de keuken aan kant.

Steven zocht zonder veel uitleg zijn cd's bij elkaar en vertrok. Kathy had een chirovergadering.

Hij lag op de bank, lichtjes snurkend onder *Het Nieuwsblad*.

## 5

Het regende net genoeg om niet zonder de wissers te kunnen, en net niet genoeg dat die, zelfs op interval, al niet na drie slagen aan het piepen gingen.

Ze draaide de knop om en wachtte telkens tot haar uitzicht wegsijpelde in wazige tranen, om ze weer even kort aan te zetten.

Het rood van verkeers- en remlichten.

De naderende stad.

'Nou ja, misschien Alain dan.'

Dat had ze geantwoord. Mei? Het zou kunnen. Ze zaten in ieder geval op Yolandes terras, uitkijkend over het grasveld dat lichtjes naar het kanaal glooide en daar werd tegengehouden door een rij knotwilgen. Het gras stond al flink hoog en Yolandes maaier had er een opzichtige J in getrokken, net voor hij zichzelf in een sputterende rookwolk had gehuld en er verder het zwijgen toe deed. Zonder enige aanleiding en rechtvaardiging, volgens Yolande, die haar zwetend en onder het roet had ontvangen en geëmotioneerd verslag had uitgebracht. Nieuwe kaars, verse olie, tot de rand vol met loodvrij en zie. En Geoffrey niet thuis natuurlijk.

Een glas riesling dan maar, in het nieuwe zonnetje.

Geoffrey, mijn echtgenoot – jezus. Soms zou je, ik zweer het je, soms zou je... Wat heb je nu aan zo'n man?

Ze hadden alternatieven overwogen, andere en betere partners gezocht, eerst lachend, dan – na het derde glas – met het soort halfernst dat zowel de schijn van spel in stand hield als de prikkeling van het taboe had binnengelaten.

Ze herinnerde zich redacteuren van literaire tijdschriften en een producer van BRTN-Cultuur.

En zij, had Yolande toen gevraagd. Had *zij* iemand die...?

Ze had kordaat het hoofd geschud. Nee hoor, absoluut niet.

Kom nou, iedereen kijkt wel eens over de schutting.

Nee, zij niet. Zij was perfect gelukkig.

Maar Yolande bleef aandringen. Kom nou, doe niet zo flauw, trut...

'Nou ja, misschien Alain dan,' had ze gezegd.

Ze had onder tafel kunnen kruipen. Wie had deze zin aan haar ontwrongen?

De dichteres zat een seconde met open mond, klapte toen triomferend in de handen, slaakte een rodeokreetje.

'Ach zo! Alain!'

Zij was verschrikkelijk boos geworden. Op Yolande, op zichzelf. Maar haar woorden bestonden. Ze had ze proberen bij te sturen, terug te sturen, weg te sturen. Uitleg verschaft die voor haarzelf volmaakt klopte. Dat ze veel bewondering had voor Alain. Heel dankbaar was en dus ja, kom zeg, hem natuurlijk een beetje in het hart droeg. Yolande wist zelf hoe Steven ervoor stond enkele jaren geleden. Fijne motoriek totaal achterop bij zijn intellectuele ontwikkeling. Handschrift onleesbaar. Sportief ook een ramp, en dat voor een jongen die altijd bevestiging en applaus had gekregen. Dat had Alain allemaal voortreffelijk opgevangen.

Natuurlijk, zei Yolande, en ze verdeelde de laatste riesling over hun glazen.

Toen was ze opgestapt, een lachende Yolande in de veronderstelling latend dat haar verontwaardiging pose was.

Twee dagen later had Yolande opgebeld. Luister: ze had nagedacht over hun gesprek. Misschien had ze het te veel als scherts opgevat. Misschien had ze het signaal niet begrepen. Daar schaamde ze zich nu voor, zij, haar beste vriendin. Haar raad was in ieder geval: blijf er niet mee rondlopen. Praat erover, met Alain. Ja, met Alain. Wat haar overkwam, was niet abnormaal en de situatie onder ogen zien was het verstandigste. Niet verdringen, geen zelfbedrog, dit waren de jaren negentig. Madame Bovary was anderhalve eeuw dood en Alain had eigenlijk ook het recht om dit te weten. Het zou de verhouding tussen hen veel zuiverder maken. Openheid, om ongelukken te vermijden. Ofwel het ging niet over en dan zou ze hoe dan ook vastlopen, ofwel ze zou er, door de bekentenis, meteen van af zijn. Als dichteres wist ze: neem de suggestie weg en de dingen verschrompelen waar je d'rbij staat. Bekijk een lip onder een microscoop en je wilt nooit meer kussen. Bovendien was Alain therapeut en...

Ze had het uitgeschreeuwd. Dank je, Yolande! Is er verder nog iets?

Ze parkeerde op het pleintje voor de groepspraktijk en stapte naar binnen door de afbladderende deur, die op een kier stond. En knelde, zoals gewoonlijk. Ze twijfelde of ze de deur helemaal zou sluiten, duwde die toen min of meer terug in de oorspronkelijke positie.

Nee, Alain was er niet, zei de secretaresse achter de balie.

Hoezo?

Hij was naar huis.

Ze stond perplex.

Hij had toch een afspraak, met Steven?

Ja, maar die was geannuleerd.

Geannuleerd? Door wie dan?

Door Steven zelf. Hij had gisteravond gebeld dat hij niet kon komen. De afspraak was verschoven naar (bril, bladeren) veertien januari.

Achter haar stuur bleef ze zitten, verdoofd starend naar het dashboard, alsof ze de juiste knop niet kon vinden. Steven. De naam hing gonzend in haar hoofd, een onontkoombaar resumé van haar huidige situatie. Anagram voor boosheid, wanhoop, ontgoocheling. De nutteloosheid van haar tocht, van de woorden die ze had gerepeteerd onderweg. Angst om de confrontatie die nu zou moeten volgen.

Toen ze uiteindelijk toch startte, reed ze door de neerplenzende regen naar de Vlooienmarkt, waar ze in The Lounge een koffie bestelde. Ze dronk, at het koekje op, aarzelde, vroeg de telefoongids. Alain woonde niet in de stad. Of had een geheim nummer. Ze bladerde door de randgemeenten en vond hem onder de vierde. Ze noteerde het adres op een bierviltje. In de toiletten stiftte ze haar lippen bij en vertrok.

Het regende niet meer.

Ik kan hem niets meer vertellen, dacht ze, stapvoets vorderend op de Ring. Steven heeft mijn boodschap nutteloos gemaakt.

Toch reed ze bij het station niet rechtdoor naar huis, zoals ze zelf moest constateren. Haar Fiat koos *Andere richtingen*, wat haar spoedig op de rijksweg naar de kust bracht en daarna was het linksaf bij de derde lichten.

Verkrampt zat ze achter het stuur, te hard rijdend, schichtig uitsnellend voor haar eigen gedachten.

Een lange betonweg afgezoomd door fietspaden, een kerk aan een met klinkers geplaveid pleintje. Haar hoofd gloeide toen ze stopte en het bierviltje aan een postbode toonde. Hij stuurde haar naar buitenwijken vol stereotiepe nieuwbouw, waar ze na enig zoeken de Hermelijnweg vond, een korte doorsteek tussen de Fretstraat en de Bunzingstraat, in een verkaveling waar ze eerst nog wat bleef rondtoeren, met de schuwheid van marterachtigen, en ten slotte parkeerde onder de brede kruin van een plataan.

Er stond een kat op een tafeltje: zwart, glimmend, gestileerd tot een ranke, in zichzelf klimmende figuur, een plant bijna. Hout? Porcelein? Misschien meegebracht uit Egypte. Alain leek haar het type dat verre exotische reizen ondernam, in zijn eentje, op zoek naar uithoeken waar het touringvolkje nooit kwam, en daar antwoorden hoorde op fundamentele vragen.

Hij was duidelijk verrast door haar komst, moest haar de woonkamer binnenleiden, omdat in zijn werkkamer een poetsvrouw met emmers in de weer was.

Ze keek beschaamd naar de vloer, ook om kleine plasjes te vermijden, wou zeggen: ik kom later wel eens terug, maar moest te lang naar woorden zoeken. Ze volgde hem naar een dubbele deur, veegde haar voeten aan een dweil op de drempel. Eenmaal binnen, verontschuldigde hij zich voor de rommel. Op tafel lag een open boek en ernaast stonden een kop koffie en een bordje met een aangebeten stuk gebak. Enkele kruimels naast het bord. Ze mocht gaan zitten en – onhandig gebaar naar de tafel – had zij ook trek in appeltaart? Nee, dacht ze, en hoorde zichzelf ja zeggen. Ze kreeg er een filter bij en terwijl hij het water opschonk, bekeek ze zijn harige bovenarmen, het merkloze coltruitje, de mouwen die hij had opgestroopt tot net onder de elleboog, het digitale horloge tegen de binnenkant van zijn pols. Dunne polsen.

Ze spraken over Steven en hij kon begrijpen dat ze hem daarover kwam opzoeken, want ja: het was wel een beetje eigengereid van Steven en ze moesten oppassen dat dit soort gedrag zich niet bestendigde.

Geen kerstboom, stelde ze vast. Wel, op het dressoir, drie kartonnen figuren in wie ze de Wijzen uit het Oosten vermoedde. Rudimentaire contouren, waterverf en een baard van opgekleefde wol. Werk van kinderhanden, zo te zien. Gesuperviseerd door een juf die de kalender een beetje voor was. Of waren het herders?

Alain legde zijn strategie voor de komende weken uit.

Ik ben een slechte moeder, dacht ze. Ik moet beter luisteren. Deze man heeft het beste voor met mijn zoon.

Toch slaagde ze er niet in iets anders te denken dan: wie heeft deze koningen gemaakt? Alain was vrijgezel. Neefjes, nichtjes, cliëntjes?

Ze niesde. Een beetje verkouden, ja. Wie was dat niet, met dit weer? Het zou beter de keien uit de grond vriezen, veel gezonder. Nee, er waren geen winters meer. Wou ze misschien een likeurtje?

Ze aarzelde, bedankte dan. Nee. Maar als hij...

Nee, hij had straks nog twee cliënten.

En toen vroeg ze hoe Leiden was geweest, met nieuwe gêne

51

als resultaat. Alsof ze een collega was, een geïnteresseerde vakgenoot, in plaats van een lastige moeder die hem in zijn privéwoning aan het hoofd kwam zeuren, zonder afspraak.

Ze zette de filter op het schaaltje, nam een slok koffie en brandde bijna haar mond. Het leek een straf: diezelfde mond die ook 'Nou ja, misschien Alain dan' had gezegd.

Wat doe ik hier? De vraag brak onhoudbaar door het kordon van omleidende gedachten dat haar tot nu toe had afgeschermd.

Ze nam haar vork, prikte een hoekje taart op, bracht het naar haar mond en at het op, elk van deze bewegingen uitvoerend als waren het opgelegde figuren. Haar tong trof nauwelijks appel in de droge, korrelige substantie.

Alain antwoordde: dat het een heel boeiend congres was geweest. Drugs 2000, over een modern preventiebeleid bij jongeren. Van niet te onderschatten betekenis. En hij vertelde, met het elan van de pas thuisgekomen, gedreven expert, zelf genietend van het jargon dat hij beheerste en nu had aangevuld in een belangrijk buitenland. En terwijl hij sprak, zag ze zijn tanden, zijn haar, zijn sportschoenen, zijn jeans, de strookjes kous daartussen (motief van gekruiste golfclubs), de avondlijke baardschaduw, hoe het alweer donkerder werd buiten en ze dacht: wat ben ik een dom mens, wat is hij geleerd.

Straight edgers, zei hij. Techno's, hiphop.

Juist, zei ze. En blowers, en housers.

Hij keek verbaasd. Ja, knikte hij aarzelend. In ieder geval was het een wereld in volle beweging, ging hij door. Nauwelijks bij te houden. Wist ze dat ecstasy en speed het begonnen af te leggen tegen paddestoelen, in sommige kringen althans? – Paddestoelen? – Ja zeker, goedkoop, hallucinogeen als de pest en geconsumeerd in zowel verse als gedroogde vorm.

Klaus Maria – het idee, dat hij daar een trip had zitten verzamelen. Ze moest bijna lachen. Maar haar mond was van marmer.

Ik moet naar huis, dacht ze.

Alain viel nu ook stil, was in de weer met zijn koffie. Hij nam een voorzichtig slurpje, met tastende lippen, roerde suiker door zijn kop, waarop een oldtimer stond afgebeeld.

Een maretak hing veilig tegen het raam. Daar kon niemand onderdoor.

Ze voelde zich opeens moe en zwak. Ze sloeg haar benen over elkaar, zocht een zakdoek. Het bierviltje kwam even mee uit haar tas, ze duwde het snel terug. Alains familienaam bleef achter op haar netvlies. Een vreemd, quasi-nieuw woord – in The Lounge had ze vijf minuten moeten nadenken voor ze erop kwam. Alain was Alain. Ik moet om vijf uur bij Alain zijn. Alain heeft me dit boek meegegeven. We moeten Alain nog betalen. Alain zegt altijd maar 'kerel'. 'Goed zo, kerel.' Alain was er altijd geweest, ook 's nachts, om de telefoon op te nemen, wanneer een krabbende en spuwende Steven alleen nog met hem wou spreken, niet meer met haar, en zeker niet meer met die daar, die zak van een krijtjespijper die zijn *Playboy* had stukgescheurd.

De kamer zonk weg in de schemering, ze voelde iets wat op een huilbehoefte leek.

Misschien had ze toch beter dat likeurtje aanvaard.

Haar overgeslagen been schommelde, merkte ze nu. Iets wat ze van anderen niet kon verdragen. Kathy bijvoorbeeld. Wanneer Kathy studeerde, wipte haar been op en neer als een jojo, de half-uitgetrapte slipper balancerend op het puntje van haar grote teen.

Ze herinnerde zich een voorlichtingsboekje uit haar schooltijd: waarschuwingen tegen bepaalde repetitieve bewegingen waaruit vrouwen, door hun anatomie strategisch te schikken, lichamelijk genot konden puren. Sommige fietszadels waren beslist te mijden.

Yolande – moge je kut vastvriezen aan de vlakten van Patagonië.

'Wat vindt ge van de taart?' vroeg Alain. 'Zelf gebakken.'

## 6

In de stad brulde het beest van de avondspits. De Ring was een dubbele rij geparkeerde auto's die af en toe een paar meter vooruitschoven. Ook leken alle lichten speciaal geprogrammeerd om op rood te springen als zij eraan kwam.

Bij het station verdween alles weer achter waterige grijzen, net als op de heenweg. Op haar ogen stonden echter geen wissertjes. Ze klikte haar handtas open, wat tegen een snelheid van vijf kilometer per uur geen onveilig rijgedrag werd. Ze kreeg er iets van, wanneer hij achter het stuur in de cassettebox rommelde. Of een wegenkaart bekeek.

De ruzies, onderweg naar de Provence, Praag. De verzoening naderhand in een baanrestaurant. De woordspelletjes, samen met de kinderen, kilometers aan een stuk. De chaotische samenzang in een fanatiek Vlaams repertoire, tot Steven het bijna in zijn broek deed.

Ik ben gelukkig, dacht ze. Kathy, Steven, zelfs tantes en schoonbroers verschenen opeens voor haar oog en legden een molensteen om haar hals. Nee, niet die scène van Kathy's geboorte, toen hij huilend op haar buik lag, meepersend op commando van de gynaecoloog. Ze rilde, wou het gaspedaal induwen. Maar voor haar bumper verrees de laadklep van een truck. VLEESWAREN JOHNNY, las ze.

Aanhoudend gedreun opzij, als van een razend heiblok. De chauffeur van de Toyota naast haar beweegt zijn kin mee met het ritme. Malende kaken, gemillimeterd haar. Zijn file schuift voorwaarts, het gedreun volgt.

Ze veegde de laatste tranen weg, beet op haar lip.

Stomme koe, truttige huilebalk.

Mijn liefste, liefste, liefste.

The Lounge was zo goed als leeg.

Dat dit nog altijd kon. Een likeurtje drinken: niets stond het in de weg. Geen enkele gewoonte diende aangepast, deze tearoom was dezelfde als vanmiddag, zou dat altijd blijven.

Ze bestelde een sherry cream, zat voluit aan de centrale tafel, zichtbaar voor iedereen, de kleine zitjes aan de zijkant latend voor wat ze waren.

Ze keek om zich heen, ongeremd, telde alle kerststerren in de omgeving.

Toen ze afrekende, schoot het haar te binnen: haar paraplu lag nog bij Alain.

# 5 Het wonder

'Laat me,' zei Anouschka en stak haar hand in de pyjamabroek
van Aster.

'Oo,' schrok Aster.

'Ssstt!'

'Je handen hebben koud!'

'Stil, lig nou stil.'

'Mama vindt dit vast niet goed.'

Hij wrikte met zijn benen, terwijl Anouschka verder zocht.

'Wat doe je, Anouschka?'

Hij had nog altijd moeite met haar naam. Alsof hij 'Noetsja'
zei.

'Laat me nou...' mompelde Anouschka geconcentreerd.

'Ik wil niet.'

'Lig stil, zeg ik je...'

'Hey!'

'Sstt!'

'Ik wil niet, Anouschka...'

De bibber in zijn stem waarschuwde Anouschka dat ze moest
opschieten. Aster zou zo beginnen te huilen. Hij was een echte
huilebalk.

'Sstt!' siste ze nog eens.

Aster hield schielijk zijn mond. Hij wist wat er kon volgen
als Anouschka boos werd. Hij begreep er niets van. Wat stond
er in het boekje dat ze op school hadden gekregen? *Nee!* heette
het. Het ging over slechte mensen, kindermoordenaars. Mensen die een beetje ziek waren... pedrofielen. Ze hoefden van
niemand bang te zijn, had de meester geleerd, ze hoefden enkel
maar nee te zeggen. Zoals de kinderen in de tekeningen: nee

tegen de buurman, nee tegen de oom, nee tegen de vreemde heer die uit zijn auto stapte. Een meisje zei zelfs nee tegen haar meester.

Maar wat je tegen zussen zei, stond niet in het boekje.

Aster probeerde de tranen tegen te houden door zijn ogen heel hard samen te knijpen.

Toen Anouschka het wonder vasthad – opeens, even vanzelf-sprekend als een stukje suikerschuim – hield ze haar adem in. Wat een raar gevoel. Het leek niet te kloppen met wat ze zo vaak had gezien, onder de douche, op het strand.

Ze wachtte. Maar er gebeurde niets.

Ze dacht terug aan de ochtend, toen alle klassen zich verzameld hadden in de kapel, waar iedereen mocht gaan zitten en Kris binnenkwam met juffrouw Maartje van godsdienst. Dit is Kris, had ze gezegd.

Kris had een rossige baard en glanzende brillenglazen en er stond een reusachtige bij op zijn sweater. Hij zou iets 'schoons' vertellen, zei hij. Iets waar ze goed naar moesten luisteren, iets over wonderen: het wonder van de jongen en het meisje.

'Poejh,' zei Anouschka. 'Zo klein.'

Het wonder leek zelfs kleiner te worden, weg te vluchten uit haar vingers.

Aster begon nu toch te huilen. Hij sloeg naar haar hand, rukte zich los en keerde haar de rug toe.

Anouschka ging in haar eigen bed liggen.

Mama kwam welterusten zeggen en daarna verdween de lichtstreep onder de deur en ze hoorden de kleerkast op mama's en papa's slaapkamer open- en dichtgaan. Pie-iep... Pie-iep. Even klonk ook papa's korte lach. Hij vertrok morgen naar Engeland, met de trein onder de zee. Oma zou af en toe komen, tot hij terug was. Toen werd alles stil.

'Je bent stout,' snikte Aster.

Anouschka antwoordde niet. In het donker hoefde je nooit te antwoorden.

58

'Weet je wat?' vroeg Aster.

Ze hoorde hem overeind komen, midden in zijn krakende bed.

'Nu krijg jij EETS!'

# 6 Een stukje AB

1

De foto (ogen dicht en toch alles zien): het dak is afgerukt en
staat als een opengeklapt deksel overeind op de hoedenplank.
Het stuur (altijd zijn linkerhand: palm op de kolom, slechts met
toppen van wijs- en middelvinger het wiel bedienend, rechterhand niet beschikbaar want geklemd om de versnellingspook)
ontbreekt. (Zijn lange vingers, behendig en soepel, als van een
violist. In de weer met dassen, elke dag een andere, feilloos ge-
knoopt in een halve minuut. Pizzicato op clitoris, tepel en oor-
lelletje, glissando-vibrato in de vagina. En in haar mond sma-
kend naar milde menthol.) Glasscherven op voor- en achterbank, glasscherven op de grond, glasscherven in de donkere
plas onder de bumper, waar een brandweerman zijn blusappa-
raat op richt. Twee vrouwen en een jongetje, toekijkend vanuit
de berm. Motorkap gapend als een vis in de winkel, niet te
identificeren brokstukjes en fragmentjes en schilfertjes op de
weg, met gulle hand rondgestrooid door een ijverige etalagist.
Op de achtergrond de truck waar hij niet onderdoor heeft kunnen rijden, ondanks zijn flitsende klasbak uit Beieren. Zie het
fijne interieur: niets vertrouwds heeft het meer, zoals het zich
daar schaamteloos en vuil blootstelt aan weer en wind en de
blikken van passanten. Een scheur in de rugleuning, glasscherven op de handgreep van de achterdeur, waartegen haar hoofd
heeft gerust bij hun eerste coïtus, zomer 1964, parkeerparkje
tussen Luik en Brussel. De pijn in haar kruin, zijn snelle adem,
het zachte gekraak van leer.

Ze vouwde het knipsel samen, zette de verbleekte aantekening in de marge wat aan met een stift. *Nieuwsblad*, 31.3.1967.

Ze schoof het knipsel terug in het cahier.

Ze herlas wat ze geschreven had.

*Vrij 8 nov 96*

*—verslapen / ochtend in ijltempo / geen koffie;* B *humeurig*

*—voormiddag naar moeder met nieuwe pantoffels (niet mooi, te modern, te dit, te dat) / vlug nog ramen gelapt*

*—13u: lunch in* GB *met Suzanne, onze razende reporter / slaatje gezond, glas witte wijn / tafel bij raam Korte Dominostraat / koffie / Suzanne enthousiast over jongste opdracht: interview met partijsecretaris Vlaams Blok / voor 'Femme', mijn god: wordt dit een modelletje om bokshandschoenen te breien?*

*—rode Renault stopt bij lichten: Oswald? Caroline? onderweg naar de Grill? / is Oswald / naast hem een vrouw / niet Caroline: geen bril, opwolkend barbiehaar, grijs pakje / Oswald lacht, legt hand op haar knie / groen, Renault vertrekt*

Ze voegde nog enkele regels toe over de middag, de lekkende leidingen op de Volderlei, de woorden met de loodgieter, de ontmoeting 's avonds met Carolines oppas in de lobby van de Cityscoop.

Ze knipte haar bureaulamp uit, nam een douche, herlas de brief van de tweeling en ging naar bed.

Tot ze insliep, tolde de barbievrouw rond in haar hoofd.

Had Oswald een verhouding?

De gedachte bleef terugkeren—als een weggejaagde kat die voor de deur blijft zitten mauwen.

Later hoorde ze de diesel, aanzwellend op de oprit. Ze haalde haar arm onder de lakens vandaan, zocht met knipperende ogen de fluorescerende wijzers op haar pols.

Drie uur.

## 2

Het was mogelijk: tweemaal de liefde van je leven ontmoeten. Je kreeg er ook twee levens door: een vóór 1967, een erna. Met ertussen een periode van niet-bestaan, zoals dat ook in de kosmos gaat.

Leven is een kunst, zei de leraar aan de stedelijke academie, waar ze sinds kort een avondcursus volgde. En kunst is de leugen die naar waarheid leidt.

Een recente opdracht was het tekenen van een herinnerd voorwerp geweest. Iets wat zij, de cursisten, ooit hadden bezeten en gekoesterd, maar door omstandigheden waren kwijtgeraakt. Dat moesten ze oproepen en tekenen. En door de verloren gegane vormen te reconstrueren, 'terug bij elkaar te liegen', zouden ze een veel waarheidsgetrouwer voorstelling krijgen van het voorwerp dan het voorwerp zelf ooit was geweest. Als reëel ding kon het alleen zichzelf verbeelden, nu zou het 'transcenderen tot een dualiteit' die ook hen omvatte – precies de reden waarom het ooit had bestaan.

Ze had wat gemijmerd en een cadeau van Gerrit was haar verschenen, gekregen bij haar laatste verjaardag. (Dat was: de laatste verjaardag die ze samen vierden, de laatste van leven A.) Een gouden hangertje bestaande uit twee letters. Haar initialen, gestileerd, net herkenbaar. Kort na zijn dood was ze het verloren, tijdens de verhuizing.

Ze tekende het en het leek nergens naar. Het was ook moeilijk, technisch gezien. En toch, in al zijn lelijkheid en foutheid van perspectief, gaf het perfect het toen weer, het absolute toen, in al zijn facetten. Ook de achterzijde, bekeken vanuit leven B. Een herinnerde holografie.

'Gelukt?' vroeg de leraar. 'Waar-gemaakt?'

Ze glimlachte om zijn hoorbare liggend streepje.

Thuis zat ze nog even met de tekening in haar handen en Boudewijn kwam binnen en vroeg om welk marteltuig het hier ging. Ze verfrommelde het papier en gooide het in de vuilnismand. Toen ze hun likeurtje op hadden, dacht ze: misschien had ik beter de bloemen gekozen. Daar was ze als kind al sterk in. Grote ruikers en potten waarin ze alle kleuren van haar verfdoos kwijt kon.

Gerrit stierf en ze trouwde met Boudewijn—ingewikkelder was het niet.

Tussen die gebeurtenissen zaten twee jaren, waarvan achttien maanden niet-bestaan. Herinneringsloos, weg. Geen gegevens opgeslagen. Hoe ze eruitzag, hoe ze zich kleedde, welk kapsel ze droeg. Ze moest het telkens zelf weer ontdekken, op spaarzame foto's. Alleen Caroline herinnerde ze zich: een meisje van vijf maanden voor wie ze moest zorgen omdat het haar dochter was, wat ze dan ook deed. Via een soort emanatie van haarzelf.

En dan Boudewijn, september 1968.

Ze trouwden in februari.

De familie ruiste van roddels. Alsof een weduwschap aan een minimumgrens gebonden was. Alsof uit de lengte ervan iets viel af te leiden over de diepgang van het voorbije. Alsof zij een hoer was, en Boudewijn niet de knappe, intelligente, begrijpende heer voor wie ze zo hevig, acuut en duizelingwekkend-puberaal was gevallen dat ze die eerste avond, netjes weer afgezet bij Caroline en haar moeder, ervan in de lach was geschoten.

Ze voelde zich niet schuldig.

Ze ontmoette hem op het jaarlijkse diner van Amfora—een service-club waarvan Gerrit voorzitter was geweest en die haar voor elke activiteit bleef uitnodigen. Dat ze Boudewijn daar leerde kennen, vatte ze op als een teken. Dat Gerrit het zelf zo gewild had. Haar zelf, over zijn graf heen, een vervanger aanreikte. Ze leken ook op elkaar: bijna even oud, zelfde beroep, in bed een tyfoon.

Ze aanvaardde het geschenk.

Leven B: een nieuw huis, een nieuwe stad, nieuwe kleren, nieuwe kinderen. Een tweeling, na zes maanden al. Nieuwe roddels.

Leven A werd opgeborgen in albums en schoendozen. Ze spraken er ook over in historische termen. Een tijdvak dat nu voldoende veraf lag om objectieve statements toe te laten. Boudewijn hield Gerrit consequent binnen gespreksbereik. Van Caroline vooral – hun stukje AB. Ook aan de tweeling werd Gerrit voorgesteld, via foto's, verhalen. En elk jaar, tot de kinderen het huis uit waren, bezochten ze met z'n allen zijn graf.

Boudewijn ging overigens steeds meer op Gerrit lijken, vond ze. Zeker toen hij ook nog eens op dieet moest en een bril nodig had. Maar dat vertelde ze hem niet. Misschien zou hij zich anders gaan gedragen. Nee, ze beklemtoonde juist de verschillen. Dat hij met een Mercedes reed. En niet van Mahler hield. En besneden was. (Vervelend? – Nee hoor, maar wel even wennen. Gerrit had overschot, een slurfje. – Nou, hij had zijn kap allang over de haag gegooid. Fimosis werd in zijn tijd met het mes gerepareerd, zie je. Maar geschild fruit was hoe dan ook gezonder, moest ze maar denken. – Ja, maar minder vitaminerijk, en niet zo pittig.)

Ze lachten, ze spraken over alles.

Alleen over de bloemen niet.


## 3


Het cellofaan was gescheurd, gekreukt en – ocharme – bebloed.

Soms kon de realiteit best een regisseur gebruiken. Gelukkig had iemand geprobeerd het weg te vegen. Er was een brede streep ontstaan van intussen opgedroogde en afkorrelende, roestbruine materie. Als vergane inkt – secundair, en dus vatbaar voor interpretaties.

Ze lagen bij de garagehouder die de BMW had weggetakeld. Total loss, sorry mevrouwtje. En onze deelneming. En toen had hij naar een grote kartonnen doos met Gerrits bezittingen gewezen. Zijn grijze regenjas, de Samsonite, een dossiermap, de paraplu die ze hem met Kerstmis gegeven had, de inhoud van het handschoenkastje (Kleenex, zonnebril, zaklamp, wegenkaarten, spaarkaart van het Shell-station). En daarbovenop de bloemen.

Later had ze zich afgevraagd waarom op de krantenfoto niets te zien was. Lag alles op de vloer? Had men het wrak al leeggehaald vóór de foto genomen werd? Dan was de chronologie de volgende geweest: brandweer–rijkswacht en ambulance–Gerrit mee–takeldienst–auto leeghalen–fotograaf, die verzoekt even te wachten–foto–wegtakelen. Op welk punt in deze sequentie was Gerrit gestorven? Hij had het ziekenhuis nog levend bereikt. Met dat soort reconstructies kon ze uren bezig zijn. 's Nachts, starend naar de zacht glimmende knoppen van de kleerkast. Of op een studentenkamer, wachtend op nieuwe huurders.

Het waren rozen, gele rozen. Vijfentwintig stuks, aangevuld met een royale hoeveelheid gipskruid. Een prachtige ruiker, gekocht op de Louisalaan.

Ze had ervan moeten huilen, meteen bij ontvangst, en later in de auto. Ook thuis nog. Zich verwonderend dat ze nog zoveel tranen over had.

Ze had geaarzeld en toen resoluut een kristallen vaas genomen, huwelijksgeschenk van haar zus. Sommige bloemen waren geknakt, bladeren hadden losgelaten, kelkjes waren gekneusd. Om van de versheid te zwijgen. Maar ze had ze een ereplaats gegeven, alles zo weelderig mogelijk schikkend, onder het gele spotje naast de boekenkast.

Ze had ze laten staan tot het werkelijk geen gezicht meer was. Toen had ze de ruiker begraven in de tuin, achter het schuurtje waarin hij elke zaterdag rommelde. De rozen in de vuilniszak gooien was niet gelukt.

Wanneer het idee dan precies was gekomen, wist ze niet meer. Soms dacht ze dat het met Boudewijn was geweest, maar dat kon bijna niet. Twee jaar was te lang, hoewel het natuurlijk ook weer niet zo onlogisch zou zijn. Boudewijn bracht regelmatig iets mee, vanaf het begin van hun relatie. Bloemen, maar ook pralines, of een sjaaltje. Opnames van Karajan en soms lingerie, altijd van uitgelezen merken.

In ieder geval was het er, op zeker moment, en het zou nooit meer weggaan. Het gevoel dat de ruiker niet voor haar was geweest.

Er zat geen kaartje bij. En hij had niet de gewoonte. Eerder omgekeerd: Gerrit vergat verjaardagen, moederdagen. Alleen bij bijzondere gelegenheden dacht hij aan attenties. Een gewonnen zaak, een bevordering. Haar nieuwe baan bij het makelaarskantoor (een schaal oesters waarvan ze twee dagen ziek was). Ze kon zich niet één 'Zomaar' herinneren.

Wat op zich niets hoefde te betekenen.

Ze waren die ochtend passioneel uit elkaar gegaan. Nog een kus zelfs door het open raam van zijn auto. Een afzakkertje, voor de laatste adrenaline. Het gebeurde wel meer dat hij, na de wekker te hebben ingedrukt (altijd kwart voor zes, weekends incluis), nog vlug even haar hemd omhoogtrok. Maar nu was hij pas om zeven uur naar beneden gespurt, tandenborstel in zijn mond, roepend dat hij onderweg wel een broodje zou vinden. Ze was hem achternagefladderd in haar ochtendjas – hé, moet dit niet mee? Een dossiermap.

Tot 's middags had haar vagina geschroeid. Maar ze had meegezongen met alle liedjes op de radio. Of meegeneuried. Voor teksten had ze geen hoofd.

Beatles, Stones, Moody Blues.

Dat kon een verklaring zijn. Hij had haar willen zeggen: het was fantastisch.

Maar haar favoriete kleur was rood.

Was hij gehaast geweest? Waren gele rozen in de aanbieding? Hadden ze op dat moment geen baccara's? Die waren toen nog volop te verkrijgen.

## 4

Baccara's waren haar lievelingsbloemen. Werden nu niet meer geteeld. Haar bloemist had onlangs uitgelegd waarom. Economisch niet rendabel, te weinig bloemen per plant, ook niet zo sterk.

Waarom vijfentwintig, overigens?

Symbolisch getal? Gekozen om de absoluutheid–zoals drie, honderd, duizend? Vijfentwintig was: 'veel'. Kijk, schat, zoveel hou ik van je. Of letterlijker: hier, een roos voor elke keer dat je klaargekomen bent. Een bos kreten en geschreeuw. Ze achtte zijn scabreuze geest daar best toe in staat. En ze hád de lakens moeten ververscn.

Vijfentwintig kon ook een leeftijd zijn.

Niet de hare dan. Zij was toen tweeëntwintig. En jarig op 14 januari. Het ongeval gebeurde op 30 maart. Dertig maart 1967. Een donderdag, koud. Op de keerzijde van de krantenfoto stond iets over hagelschade aan fruitbomen in Limburg. En dat het SHAPE-hoofdkwartier van de NAVO verplaatst was van Rocquencourt in Frankrijk naar Casteau-Maisières in België.

Hij crashte net voor Oostende, drie uur in de namiddag.

Hij had niets gezegd over Oostende.

Dringende oproepen waren natuurlijk geen uitzondering.

Ze belde het kantoor op–Pierre. Nee, hij wist niet waarheen Gerrit toen op weg was. Ik dacht: naar huis, zei Pierre. Wacht, ik vraag het hier even. En hoe gaat het intussen? Wat vreselijk toch, dat zoiets...

Ook de andere partners wisten het niet.

Toen herinnerde ze zich zijn agenda, haalde een schoenendoos van de plank.

Bloedvlekken tot in augustus. Geen aantekening over Oostende op 30 maart. Ochtendvergadering met 'gedupeerden Sobelco', lunch met procureur Vandoorsmael, om twee uur een dik onderstreepte krabbel waarin ze 'M bellen' las.

Pierre?

M was ministerie, zei Pierre, ministerie van Justitie. Dat wist hij heel zeker, ja. Gerrit moest die namiddag een afspraak regelen met de kabinetschef. Over Sobelco. Had hij gedaan, net voor hij vertrok.

Moest hij daarvoor naar Oostende?

Nee, niet naar Oostende.

Ze reed naar Brussel.

Louisalaan 138, Fleurs 'Marie-Paule'. Het etiketje van de ruiker lag in dezelfde doos als zijn agenda.

Toen ze binnenstapte, wist ze niet wat ze kwam doen. Er stonden baccara's, er stonden gele rozen, er stonden nog andere kleurtjes. Kan ik u helpen, vroeg een verkoper. Ze voelde zich rood worden. Ik wou wat snijbloemen, zei ze. De verkoper draaide zich om en begon allerlei mogelijkheden aan te wijzen. Ook heel charmant, hoorde ze. Dit ietsje prijziger. Dat veel gevraagd. En toen vluchtte ze weg.

In haar auto zat ze trillend achter het stuur. Gerrit – ze had hem gevoeld, dat wist ze zeker. Ze had Gerrits schaduw gezien tussen de planten, gevoeld dat hij daar die dag had gestaan, een uur voor hij stierf, de zwarte tegels rakend met zijn roodlederen schoenen, een gesprek voerend waarvan het hare nu de echo was. Ze had hem geroken, het ruisen gehoord van zijn regenjas.

Ze reed naar huis en wist met absolute zekerheid: dit moest ophouden. Het zou haar ziek maken, verstikken.

Ze dronk een glas cognac, ging op de bank liggen.

Tegen de avond wandelde ze naar het kerkhof, verontschuldigde zich, praatte zonder controle.

Een week later had haar geest het beeld gevormd van een vrouw van vijfentwintig. Heel verraderlijk, zonder dat ze er zelf erg in had. Elke dag een onderdeeltje aandragend: een been, een hoofd, een jurk. En opeens was de compositie af: verzorgd, gedetailleerd. Als ze haar ogen sloot, zag ze een foto. De vrouw was blond, klassiek gekleed, type van de vlotte lerares. Flat in Oostende. Jarig op dertig maart.

Ze kon met moeite verhinderen dat ze een naam kreeg.

Het duurde een tijdje, eer de chimère teruggedrongen was naar het duister van het zelfs voor dromen onbereikbare.

Ten slotte lukte dat.

Hoewel: iets bleef achter. Te zwak om een herinnering te zijn, maar toch. Een herinnering van een herinnering. Of van een vergeten. Een fantoomherinnering.

5

De diesel. Geen mooier geluid 's nachts dan het gehijg van een diesel, stationair draaiend. Terwijl hij uitstapt en naar de garage loopt, hoor je muziek, want hij laat zijn deur open. In bed moeilijk te identificeren, maar het is wel het Berkely Koor geloof je.

Dan een klap die het gezang wegmaait, de motor klimt even naar hogere toeren, valt stil, nog twee klappen, het haastige geluid van zijn schoenen op het terras, de achterdeur knarst, hij is thuis.

Soms staat ze op, maar niet nu, ze is te moe. Drie uur. Straks verslaapt ze zich weer en ze heeft een afspraak met de boekhouder.

Toch even kijken of de wekker goed is ingesteld.

Gerommel in de keuken.

Een vrachtwagen rijdt langs, de kleerkast trilt.

Stemmen passeren op de stoep.

Zal hij het lasagna-restje vinden?

De tweeling ging het goed in het noorden. Volle zalen, folks (nou ja, zo goed als!), een mooi stuk in de *Haagse Post*.

Groningen was ronduit schitterend, bijna zo'n succes als Gent. Nu nog Leeuwarden en Zwolle inpakken.

Toms gitaar was twee dagen zoek geweest. Hij had moeten spelen op een gehuurde Telecaster. Shitbak. Maarten had lichte problemen met de keel. Faryngitis, volgens een arts—rusten was de boodschap.

Eind volgende week zou dat kunnen. Vers ondergoed en dan vakantie, Portugal wellicht. We zien ernaar uit. Alles oké in het verre Bourgondië? Houden de studentjes hun kamer een beetje schoon, ma? Niet te streng zijn, hè. Denk aan ons indertijd. Varkens, precies. En toch nog goed terechtgekomen, mevrouwtje, zoals u ziet. Nog geen jointje aangeraakt. Geen snuif, geen pil—nada. En altijd naar de eega luisteren. Terwijl er in deze branche qua lichaamsholtes toch álles kan worden versierd.

Pa, niet te laat werken. Buik nog zo dik? Foei, foei. Harder met die trappers.

Groeten, ook aan zus en schoonbroer en hunnie kindertjes.

Keep on rocking.

T&M.


Oswald de Gladde, de Geurende, de 'En-hoe-gaat-het-met-ons-mamaatje-vandaag?'.


6


In 1982 waren ze op reis in Schotland met een bevriend koppel.

Garth Hotel, Grantown-on-Spey. Vissen, wandelen, Loch Ness, bezoek aan de Glenfiddich-stokerij, Ben Nevis.

Tijdens een uitstap naar Aviemore valt de kabellift stil en hangen ze in hun open tweezitjes zacht te wiegen boven een afgrond waar een beekje doorheen klettert. Zij zit naast Jacques, vijftien meter voor hen, en al flink wat hoger, raakt Anja, die toch al geen berggeit is, in paniek. Ze schreeuwt en klampt zich vast aan Boudewijn, die zijn arm om haar heen slaat en haar tegen zich aandrukt. Zijn vrije hand doet iets sussends—

71

dat leidt ze af uit de bewegingen van zijn elleboog.

Na enkele minuten komen de stoeltjes weer op gang.

's Avonds hebben ze ruzie. Dat hij al de hele reis zijn ogen niet van Anja kan afhouden. Dat ze dat wel in de gaten heeft. Dat hij niet moet denken dat ze blind is. Dat Anja zich vanmiddag maar wat aanstelde en hij wel bijzonder gretig de troostende schouder leende. Dat ze zulke clichés niet had verwacht van hem.

Boudewijn valt uit de lucht. Hij lacht, wordt dan boos. Hij en Anja? Hallo. Mocht hij er overigens op wijzen dat het Jacques' idee was geweest om in die configuratie naar boven te gaan? En Anja's paniek was echt, dat kon hij getuigen. Het zweet stond in haar handen, ze raakte helemaal verkrampt. En kom nu hier, domme gans, dat ik...

Maar ze wou niet.

Ze zorgde ervoor dat de reis met twee dagen werd ingekort.

'Het scoutskamp wordt vervroegd opgebroken,' meldde ze na een telefoontje naar huis. 'Het weer in de Ardennen is blijkbaar vreselijk. Ik zou ook liever vertrekken.'

'Wat?'

'Om thuis te zijn, als ze terugkeren.'

'Ze zijn veertien,' zei Boudewijn. 'Ze kunnen toch wel twee dagen zonder ons? En Caroline is er ook?'

Nee, ze wou er niet van weten. Ze moest er zijn, als de tweeling thuiskwam.


7


*Ma 11 nov 96*

*12u30 / parkeren bij slager tegenover Europabank / kan terrein net in de gaten houden / opvallend leeg / nergens een Renault / ook weinig beweging, meeste ramen onverlicht / na kwartier begint het te dagen: 11 november, bank gesloten / stomme koe*

*Di 12 nov 96*
   *banken open / Oswald verlaat pand om halfeen / jonge man bij*
*hem / stappen in Renault / volg hen / rijden naar de Grill*

*Wo 13 nov 96*
   *Oswald niet gezien / wel Barbie / op drafje deur uit / stapt in*
*zwarte Golf*

*Do 14 nov 96*
   *12u30 / Oswald en Barbie samen naar buiten, ieder in eigen auto*
*/ wuif wuif, hij naar links, zij naar rechts / volg Oswald / Grill*
*voorbij, stad uit, restaurant bij kanaal: De Rietgors / parkeer naast*
*benzinestation overkant / Oswald naar binnen / Golf arriveert /*
*Barbie naar binnen*

's Avonds probeerde ze nog eens de hanger te tekenen, maar
het lukte weer niet.

Hermine belde. Dat het haar beurt was Kerstmis te organiseren, en of zij kwamen, en of ze voor Boudewijn iets zoutarms
moest klaarmaken.

Ja, ze kwamen en nee, dat hoefde niet – niet voor die ene
keer.

Godzijdank, het was zo al een hele bedoening. Zeven broers
– en dan nog eens háár kant met oudejaar.

Ja, Hermine.

Ze nam een bad.

Ze dommelde weg in het lauwe water, kreeg een mix van
gezichten voor ogen: Oswald, Boudewijn en familie, Gerrit.

Gerrit was enig kind.

Caroline was zijn enig kind.

Caroline noemde hem papa-foto. Boudewijn was papa, Gerrit
papa-foto. Pas toen ze een jaar of acht was, schakelde ze over op
'Gerrit'. Niet 'oom Gerrit', zoals de tweeling had leren zeggen.
Maar toch in een poging haar naamkeuze op die van haar broers
af te stellen.

73

Ze werd wakker van de kou, droogde zich af, trok haar rode lingerie aan. Gekregen voor moederdag, stiekem, na de officieel overhandigde kruimeldief. De kinderen gaven een hometrainer. Maar toen Boudewijn thuiskwam, was hij te moe.

Midden in de nacht stond ze op.

Ze zette de radio aan, zachtjes. Andrea Bocelli, een aria die ze niet kon thuisbrengen.

Likeur.

Het tekenblok lag nog op het dressoir.

Ze trok enkele krabbels, bekeek ze door de wemeling van de tranende drank in haar glas. Eronder schreef ze: Caroline, Maarten, Tom. / Caroline, Maarten. / Caroline.

'Zij mag alles, wij niets.' – 'Dat is niet waar, Maarten. Zij is al vijftien en jullie pas twaalf.' – 'Wij willen ook kijken.' (*Jeremiah Johnson? Butch Cassidy?* In ieder geval iets met Redford.) – 'Nee jongens, het is te laat. Hop, naar bed.' – 'Flauw, hartstikke flauw. Omdat wij niet van oom Gerrit zijn!'

Zoals het in de sprookjes staat.

Van hoer tot boze stiefmoeder.

Caroline: glansrijke studies, glansrijk economiste, glansrijke job aan de universiteit, getrouwd met Oswald, glansrijk Hoofd Betalingsverkeer. Prachtige kinderen: Saartje en Anouschka.

Haar potlood ging heen en weer over de C, ze werd dikker en dikker, kreeg uitstulpsels, krullen, arabesken – een miniatuurtje dat groeide onder haar kunstige hand. Toen de letter doorzakte onder zijn eigen ornamenten, een zieke zonnekoning gelijk, scheurde ze het blad in stukken en ging terug naar bed.

8

Tegen het eind van de maand had ze zekerheid. Kussen, handjes, geflikflooi, telkens andere eethuizen in de periferie.

Oswald had een verhouding.

'Oswald heeft een verhouding.'

Ze zei het tegen de spiegel, als om te proberen of het luidop, en zichtbaar van haar eigen lippen komend, minder erg klonk. De mededeling kreeg in ieder geval iets gewoons. Iets wat je dagelijks vernam op tv, in de bioscoop, in roddelsessies met Suzanne. Je las erover in boeken: een verhouding hebben. Het was niet alsof ze een bizarre wiskundige formule had uitgesproken. Nee: het regent, de spaarrente daalt, die of die heeft een verhouding.

Toch sneed de zin als een mes, alsof hij pas nu was gecomponeerd, met speciaal voor haar gekozen en op haar maat vervaardigde woorden, om uiting te geven aan iets wat voorheen onbekend was–zoals 'aids-preventie', of 'postsovjet-Rusland'.

'Dood zijn' had misschien ook die dubbelheid. Voor ze het zichzelf kon beletten, had ze het uitgeprobeerd. 'Yitzhak Rabin is dood'–'Boudewijn is dood.'

Ze huiverde, sloot haar ogen.

Ik vermoord hem, dacht ze.

Ook dat had iets vertrouwds, hoewel ze het niet hardop checkte.


Caroline kwam langs op donderdagmiddag, zoals altijd. Thee, babbelen. Over besparingen op de faculteit, Anouschka's allergieën, over Maarten en Tom, hun eerste cd. Over Oswald.

Een gelukkige vrouw–haar dochter, knap, dertig jaar oud, nog alles in het vizier.

Omzichtige vragen bevestigen dat Oswald een schat is. Workaholic net als papa, beetje slordig op zijn kledij. Strijken, god, zij streek wat af. En brandgaatjes in ieder hemd. Maar lief, en dol op de kinderen.

Caroline had nooit moeite gehad met woorden als 'lief', en 'dol', en 'schat'. Ze bleef zestien.

Caroline, Carolientje. Iets snoerde haar keel dicht. Gelukkig was Saar in de buurt. Een knuffel voor Oma? Ja, toch? En hoe gaat het met Snuf? Heeft hij al een groter kooitje?

## 9

'Prijzen we onszelf gelukkig,' zei Suzanne, nippend van haar Amaretto. 'Elk fin-de-siècle is boeiend en hier hebben we een millénaire, asjeblief. Je zal nu maar puber of kleuter zijn. Of nog niet geboren. Terwijl wij het allemaal méémaken.'

'Wat?'

'De ontmaskering. De vallende muren, Rwanda, Bosnië.'

'Wat je boeiend noemt,' zei ze.

'Het einde van de geschiedenis, dat bedoel ik. Het kan hierna nooit meer worden als vroeger.'

'Nee.'

'En de burger wordt steeds mondiger, weert zich.'

'Dat is duidelijk. In Rwanda. En Bosnië.'

'Ik bedoel België. Neem het failliet van de politiek, de Witte Mars.'

'Juist. Je zal maar kleuter zijn in dit land, nu.'

Tien minuten later namen ze, zoal niet in ruzie, dan toch zeer zuinig afscheid. Sinds hun scholierentijd had ze die trek om Suzannes mond niet meer gezien. Bovenlip achter de ondertanden gezogen, alsof ze ook nu weer zou zeggen: en volgende keer niet zo slijmen tegen Jimmy. (Johnny?)

Misschien had ze die opmerking over haar recente interview niet moeten maken. Suzanne en haar plotselinge herontdekking van 'waarden'. Van 'waarheid'. Dat na het postmodernisme nu toch weer antwoorden nodig bleken. Hoe 'interessánt', dit sneuvelen van mythes. Wist zij dat onlangs ontdekt was dat Sitting Bull *niet* had meegevochten bij Little Big Horn? Dat Caesars citaat over de dapperheid van de Belgen totaal uit zijn context was gerukt? Dat Einstein zijn vrouw behandelde als een slaaf?

Nee, Suzanne.

Ze nam de bonnetjes, riep de kelner, rekende af.

's Avonds ging ze met Boudewijn naar de film. *Trainspotting*, op advies van Maarten. Ze zag nauwelijks iets. De hele tijd door zat ze zich af te vragen of ze Boudewijn zou inlichten. Of ze niet werd meegesleept door haar gevoelens voor Oswald. Olijkaard–opiniehebber.

Thuis vroeg Boudewijn of er iets scheelde.

'Nee,' zei ze. 'Nou ja...'

Ze vertelde over Suzanne. Boudewijn knikte, nam haar vast, wist een citaat van Churchill. Soms struikelt de mens over de waarheid, maar meestal zal hij overeind krabbelen en zijn weg vervolgen.

Hij begon haar blouse los te knopen.

'Sorry,' zei ze. 'Het kan niet.'

Dat klopte nog ook, zoals bleek toen ze tegen drieën het bed uit moest voor een toiletbezoek. Ze bracht een tampax in, zocht een inlegkruisje (hoe lang nog? Ze werd tweeënvijftig), ging naar beneden, dronk een glas melk.

Toen ze weer boven kwam, stond haar besluit vast.

'Kom dan bij ons,' zei Caroline aan de telefoon. 'Het is zo'n gedoe met de kinderen.'

Maar dat wou ze niet. Stel dat Oswald thuiskwam.

'De auto moet een grote beurt hebben,' verzon ze.

'Kan het niet wachten tot donderdag?'

'Nee, les op de academie.'

'Nou goed: twee uur dan, in De Grill.'

10

Ze keek op haar horloge: half drie.

Haar koffie was bijna op, om haar heen begon de drukte te luwen. Klanten rekenden af, kelners propten briefjes van honderd in dikke portefeuilles, zeiden dank-u-wel en haalden een doek over het tafeltje. Gesprekken trokken zich terug naar de periferie van de zaal, hier en daar bleef een krant achter met de foto van een in opspraak gekomen minister. Een eethuis, een stad, een land–gonzend van geruchten. Ook de lucht werd dunner, af en toe voelde ze zelfs koelte aan haar benen.

'Sorry,' zei Caroline, die opeens voor haar stond en haar jas op een stoel legde. 'Had nog een scriptiebespreking.'

Ze was nooit een toonbeeld van stiptheid geweest.

'Niet erg,' zei ze.

Caroline bukte zich, kuste haar, ging zitten.

De zachtheid van haar wang hechtte zich een seconde aan haar lippen. In haar neus de tinteling van parfum en buiten-lucht. Een abrupt déjà senti: twee tellen de ogen sluiten, wist ze, en ze zou een kwarteeuw jonger zijn en haar dochter op haar schoot voelen, knoopjes losmaken, een muts afnemen en sneeuwvlokken op de vloer schudden.

'Rozenbottel?'

'Hebben ze hier niet,' zei Caroline. Ze nam haar bril af en veegde hem schoon, nadat ze twee ademstootjes over de glazen had verdeeld. Een hondachtig geluidje, dat nauwelijks damp produceerde.

Hoe wit haar tanden, hoe rood de ovaal van haar mond.

'Wil je d'r iets bij? Taart of zo?'

'Nee, dank je. En breng me niet in verleiding, mama. Straks is het december, weet je.'

Ze bestelde een thee die citrusvruchten bleek te zijn.

'We hebben een kaartje gekregen uit Faro,' zei Caroline. 'Jullie ook?'

'Ja. De opbrengst van de tournee zal niet lang meegaan, als hun berichtgeving klopt. De heren nemen het er wel van.'

Caroline lachte, schoof haar stoel wat dichter.

'En,' zei ze, 'waarover wou je me spreken?'

Oswald—dat moest ze nu zeggen. Ze schraapte haar keel, wat makkelijk ging. Dus deed ze het nog eens.

'Is er iets met papa? Complicaties?' vroeg Caroline.

'Nee hoor. Cholesterol 153 bij de laatste check-up.'

'Is het oma?'

Ze aarzelde. Voor ze het wist, zat ze verstrikt in een verhaal over haar moeder dat ze helemaal niet wou vertellen. Haar arthrose, beginnende dementie. Het kreeg een lading die het niet verdiende. Het ging goed met haar moeder.

Ze viel stil, bracht de kop naar haar mond.

'Daar zit niets meer in, hoor,' zei Caroline.

Ze keek: inderdaad, geen druppel meer. Ze zette de kop neer.

'Wil je d'r nog een?'

Ze knikte.

'Een cognacje?'

'Nee, dank je.'

'Een koffie met cognac,' zei Caroline tegen de kelner die haar thee bracht.

Ze veinsde verontwaardiging, maar Caroline wuifde die weg.

'Maak me niks wijs,' zei ze. 'Je drinkt het graag, so what?'

Ze schaamde zich, maar was blij toen het glas er stond.

Caroline haalde het builtje uit haar kop, legde het in haar lepel, wikkelde het touwtje eromheen, trok de laatste druppel naar buiten. Ze voegde wat melk toe, roerde.

Heb Oswald gezien. / Heb Oswald gezien met. / Wie is dat barbieschepsel dat bij Oswald werkt? / Hoe naïef ben jij eigenlijk, Caroline? / Weet je nu nog niet dat...

Caroline dopte een spatje melk van de tafel met de top van haar pink, die ze aflikte. Het smakte.

'En nu ga je me zeggen wat er scheelt,' zei ze. 'Heeft het misschien met Gerrit te maken?'

Ze keek verbaasd op. 'Gerrit?'

'Zijn verjaardag komt er weer aan. Ik dacht... Hij zou vijftig worden, niet?'

Ze voelde dat ze zou stotteren, als ze ja zei.

'Ik wist niet dat je dat bijhield,' zei ze.

'We zijn met Allerheiligen naar zijn graf geweest. En dan zie je die jaartallen.'

4.XII.1946–30.III.1967. Vorig jaar had ze hem een nieuwe das gekocht en die tussen Boudewijns collectie gehangen. Ze kocht elk jaar iets, een kleinigheid, een prulletje dat onopvallend in het huishouden geïntegreerd kon worden. Soms gaf ze 't recht-streeks aan Boudewijn, onder het mom van sinterklaas. Dit jaar was een probleem: vijftig vroeg iets speciaals. Wat kon ze doen?

'Zijn foto houdt het goed uit.'

'Ja.' (Drie jaar geleden glas vervangen, stof verwijderd, mar-mer geschuurd.)

'Oswald zei dat ik zijn ogen heb. Maar eigenlijk vind ik dat Gerrit op papa lijkt. Raar, hé? Ik bedoel: oude foto's van papa, natuurlijk. Diezelfde melancholie.'

'Ja.'

'Papa is een schat. Wat hij gisteren weer allemaal meehad voor de kinderen. En het is nog niet eens sinterklaas.'

Ze knikte, liet haar glas rondjes maken op het viltje.

'Gerrit speelde soms sinterklaas,' zei ze.

'O ja?'

'Ja. Voor Amfora.'

'Amfora?'

'De service-club waar hij voorzitter van was.'

Caroline trok een waarderend gezicht.

'Kocht hij je ook lingerie?' vroeg ze.

Ze schrok zo, dat ze rechtop ging zitten.

'Hoe weet jij dat?'

Caroline schoot in de lach.

'Ha, jij denkt dat wij onze ogen in onze zakken hebben? Lie-ve mamaatje toch.'

'Wij? Dus de tweeling ook?'

Caroline haalde haar schouders op.

'Hoe hebben jullie dat ontdekt?'

'Tja ...'

'Zeg maar niets. Ik denk niet dat ik dit wil horen.'

Haar hoofd gloeide. Hoe kon dit? Ze probeerde zich Boude-wijns clandestiene overhandigingen te binnen te brengen, maar het enige wat naar boven kwam, waren momenten erna–scènes uit bad- of slaapkamer, of uit de keuken (een krakende tafel, stuiterende poten) maar nu gemixt met dit nieuwe gegeven:

alsof de kinderen erbij stonden en toekeken.

Ze nam een slok cognac.

Een man met een witte sjaal passeerde, koos het verkeerde toilet, verscheen dadelijk opnieuw. Hij stapte de andere deur in, na een vlugge blik op de figuur erboven: een identiek koperen mensje, maar met een buishoed in plaats van pijpekrullen. Uit de damesdeur verscheen wat hem had verjaagd: een grijze vrouw, wandelstok in de hand.

'Wel?' zei Caroline.

'Wel wat?'

'Kocht Gerrit lingerie?'

'Caroline, asjeblief.'

'Komaan, doe niet flauw.'

'Nee.'

'Wat dan?'

Oswald. / Oswald heeft een verhouding. / Waarom vraagt Oswald je nooit mee, naar Londen, Berlijn? Zakenreisjes, financieringsprojecten – Eurostar, Treuhand. Ik kan toch voor de kinderen zorgen? Grootmoeders doen dat, weet je. Uilskuiken. Jij grote, domme gans.

Alweer de witte sjaal, nu op weg naar de kapstok, waar hij een modieuze regenjas van de haak neemt. Hem aantrekken duurt een eeuw, vooral omdat hij alles secuur glad wil strijken, en het sjaaltje vlot moet opbollen uit de halsopening, en de kraag niet rechtop wil blijven staan.

'Mama?'

'Wat?'

'Wat kocht Gerrit voor je?'

'Bloemen,' zei ze. 'Hij bracht wel eens bloemen mee.'

# 7 Een fractie te veel frictie

Toen graaf Dutoit-Vanderbilt naar het rolletje tastte, bleek er geen papier meer op te zitten. Hij kwam grommend overeind en zijn broek half ophoudend bij de riem besteeg hij de marmeren treden naar de tussenverdieping, waar een tweede toilet was. Hij bewoog zich voort als een pinguïn: het afhangende kruis knelde om zijn knieën en bovendien probeerde hij het gemaal van zijn achterwerk, en daarmee de verspreiding van excrement in zijn bilspleet, te beperken.

Halverwege de trap kwam een stuk linkerpijp onder zijn rechtervoet terecht, de broeksband werd uit zijn vingers gerukt, een nagel scheurde, Dutoit-Vanderbilt viel en brak zijn schedel op de radiator in de hal.

De graaf was oud, de boeken in zijn bibliotheek waren al aan het vergelen, in de cover van de grote exemplaren had het zonlicht, sluwe fossilisator, de omtrek van kleinere buurtjes afgedrukt.

Toen ik hem daar zo zag liggen, een nog nadruppelend geslacht op het witte smyrnatapijt, moest ik denken aan mijn kindertijd, en hoe wij kraaiend figuurtjes plasten in versgevallen sneeuw.

# 8 Anne & Sofie

I

Ik heb een IQ van 150 en verveel me.

Volgens mijn therapeut is dat mijn grootste probleem. Ik heb alles te snel door: erfelijkheidswetten, differentialen, een gedicht van Pound. Ik heb alles meteen door en dan boeit het me niet meer en verveel ik me. En word ik onhandelbaar.

Zo vertelt hij het aan mijn ouders en zij geloven hem.

Ik mag mijn therapeut Oscar noemen, hoewel hij ongeveer twee ijstijden ouder is dan ik en doceert aan een hogeschool.

Ik vind Oscar lelijk – als naam, bedoel ik. Een slak waarop ik zout moet strooien, anders wil ze niet onder mijn huig door. Maar het schept een informele sfeer, vindt hij, en ik heb er alles voor over om mensen op hun gemak te stellen. Dus noem ik hem Oscar en mag hij Severine tegen me zeggen.

Als man is hij wel knap, met zijn grijze lokken.

Mijn moeder vindt dat mannen knapper worden naarmate ze verouderen. En dat dit zeer onrechtvaardig is van wie de wereld zo heeft ingericht. Want voor vrouwen geldt het omgekeerde, zegt ze.

Ik heb de indruk dat vooral ouder wordende vrouwen dat vinden.

Ik heb geen idee hoe Oscar eruitzag toen hij twintig was.

Het interesseert me ook absoluut niet.

*Die Gedanken sind frei.* Ik heb het vanmorgen nog op mijn tafel geschreven, ofschoon Bismarck vlak voor mijn neus stond. Ik zit op de eerste rij. Boven mij was zijn kale hoofd het 'schriftlich reservieren' aan het uitleggen en ik telde de witte vingerafdrukken op en om de rits van zijn broek.

Elf.

Die man zeikt wat af.

En nu, terwijl de stagiaire (wij mogen Sonja zeggen) de rede van Marcus Antonius staat voor te lezen, met inzet van heel haar persoon, en ik ook zonder omkijken wel kan zien hoe Tackaert haar achteraan, kin in zijn handpalm, in alle staten van geilheid zit te observeren – straks moet hij haar 'didactisch' en 'pedagogisch' en 'psychosociaal' 'remediëren' in het koffiekamertje (hij sprak de woorden uit als bewoog zijn tong zich door slagroom) en ik merk dat ook Patje, mijn buurman, niet onberoerd blijft door de ebbe en vloed van Sonja's anatomie: zijn linkerhand ligt preventief over zijn gulp en met zijn rechter houdt hij de tafelrand vast – terwijl dat dus allemaal om me heen gaande is, en ik me verveel, denk ik aan de wereld van Sofie.

Ja, ik lees wel eens een boek.

Ik bedoel niet ons schoollijstje.

Ik heb Dostojevski gelezen. Ik heb ook Eco gelezen, en Ellis, en Süskind, en enkele Nixers. De vrouwen, natuurlijk – Winterson, Hemmerechts. En Claus, en Mulisch.

Onlangs gaf Oscar me *De vanger in het koren* mee. Niet echt voor meisjes, zei hij, maar ik zou er veel in herkennen. Ik bedankte. Ik had de roman al achter me op mijn twaalfde, in het Engels. En zonder de ridicule gevolgen die het boek nadien op mijn broer had: een halfjaar lang elk naamwoord van een *goddam* voorzien en zinnetjes laten eindigen op *and all*. In het Gents, asjeblief. Mijn broer vindt Nederlands aanstellerig. 'Ollands,' zegt hij. Papa krijgt er iets van.

Ik heb *De avonden* gelezen, *Trainspotting* gelezen en gezien. Ik luister naar dEUS, Red Snapper, naar Stockhausen en Bach.

Ik heb Middelheim bezocht en vorig jaar de wegrottende Hermitage. Ik weet honderd pornoadressen op Internet.

Vertel mij wat.

Ik heb ook meningen. Over het herenigde Duitsland, de Maastricht-normen, ozongaten, de Balkan, Rwanda, drugs, partijfinanciering, Lady Di en de gekkekoeienziekte, leven op Mars.

Ik heb een mening over Anne Frank.

(Waar is haar dagboek? Twee dagen ben ik het nu al kwijt en Michiels spreekbeurt is volgende week.)

Ik kan die meningen verantwoorden.

Maar dat verveelt me.

Mijn therapeut–sorry: 'Oscar'–heeft dus gelijk. Alleen, en daar gaat het om: *ik* heb er geen last van. Oscar zegt dat het mijn grootste probleem is, maar ik vind het best.

En wat zal je ertegen doen? Verveling *is*. Zijn als hoofdwerkwoord, geen aanvulling vereist. Verveling is, zoals in 'Jahweh': 'Ik ben die ben.' En dat ik onhandelbaar zou zijn, nou ja. Ik maak wel eens een taak niet. En het klopt dat ik niet integreer. Iedereen in de klas is minstens twee jaar ouder en ik mag doodvallen voor ik een joint opsteek, alleen om erbij te horen.

Voor het overige ben ik zo handelbaar als de pest.

Laten we het zo stellen: absoluutheid bestaat niet. Ook niet in het prettige.

Zelfs de hemel wil je op den duur wel eens uit.

Kunst is absoluut, zegt Mozart. En hij bedoelt natuurlijk muziek, want hij is het soort leraar dat *leeft* voor zijn vak, weet je wel. Dus dat verklaart alles. Behalve dat hij het verkeerd heeft, hoewel hij voor de rest een fijne vent is, ik bedoel, hij *luistert* wel eens naar me.

Kijk, meneer Onghenaert, zeg ik dan, kunst evolueert voortdurend en daarmee is de stelling bewezen. (Links en rechts wordt dan al gegeeuwd, maar Mozart doet of hij het niet merkt.)

Kunstenaars streven niet naar het nieuwe, maar vluchten voor het oude en komen zo in het nieuwe terecht. Per toeval. Die avant-garde waar u het net over had – dodecafonie, seriëlen, John Cage. Dat is een poging, niet om nieuwe muziek te maken, maar om de oude niet meer te spelen. Geen schepping, maar vermijding. Speel consequent naast de vroegere tonen, vervang ritme door spasme, haal ladders neer, vermijd de paden, loop over het gras, kruip desnoods door netels en braamstruiken, en je komt er. Het zal kraken, je schoenen zullen smerig worden en je broek zal scheuren, maar je zult iets nieuws hebben. Niet noodzakelijk muziek, maar binnen de muziek is alles al gebeurd, dus dient uitgeweken naar nietmuziek om met de muziek verder te kunnen. Begrijpt u? Waar is de schoonheid hier, de absoluutheid? Nergens, meneer Onghenaert. (Hoorbaar gegiechel nu, Patje zit mijn woorden ostentatief mee te lippen.) Hier regeert verveling, of haar tweelingbroer – de kick. En de nietmuziek raakt ingeburgerd, en wordt dus aanvaardbaar, en dus mooi, en verandert in welmuziek. Zo kan alles artistiek correct worden. (Patje knikt als Mussolini op zijn balkon, armen gekruist, gezicht vervormd tot een masker van verwaandheid en arrogantie.) Zelfs een wind op de Tourmalet.

Twee seconden stilte, voor het gegiechel explodeert in een orkaan.

Patje bevriest en kleurt tot in zijn hals.

Het is natuurlijk niet netjes om hem er nog altijd mee te plagen, maar ik ben Moeder Theresa niet en het hoeft qua leuk niet altijd Carmiggelt te zijn. Ik was er zelf niet bij (gemengd gymmen is hier nog altijd ongrondwettelijk) maar het schijnt onvergetelijk te zijn geweest: Patje hulpeloos op zijn buik over de evenwichtsbalk gedrapeerd, met geen mogelijkheid in staat zich op te richten tot de hangstand die de Tourmalet eist, snauwende adviezen ketsen door de zaal, maar Patje blijft bengelen, slaagt er enkel in zijn gezwollen hoofd vijf centimeter op te tillen, met de blik van een stervend rund, en zakt dan weer voorover, de Tourmalet wordt nu echt kwaad, komt achter Patje staan, neemt zijn hielen vast bij wijze van tegendruk, zegt 'Hop!', en net dan, wanneer het boze lerarengezicht zich op ideale hoogte bevindt, ontsnappen de wanhopig samengeperste gassen uit de buik van de ongelukkige.

Mozart is zo verstandig geen uitleg te vragen. Hij schuift een nieuwe cd in de lader en verzoekt ons vooral te letten op de strijkers.

Misschien is verveling de enige constante in het universum. Atomen die zeggen: lang genoeg atoom geweest, laten we even een molecule proberen – wordt misschien wel leuk. En voor je het weet heb je een sterrenstelsel.

Maar ik zat dus aan Sofie te denken.


2


Het is niet altijd prettig je leven aan jezelf te moeten vertellen. Maar het is voor mij de enige manier. De enige manier om de dingen tot me door te laten dringen. Iets gebeurt en ik merk het niet. Ik merk het enkel, wanneer ik het ook aan mezelf vertel.

Zoals: de bel gaat en Sonja, bloeiend als een roos, wendt het hoofd naar Tackaert. Heb ik het goed gedaan, meneer?

Zoals: ik zoek mijn spullen bij elkaar en vind in de gang een papiertje in mijn jaszak. 'Severine, ik wil je spleetje zien – straks, achter de Decascoop?'

Zoals: nu ben ik thuis en eet de boterhammen die mijn moeder heeft klaargezet en hoor mijn broer op zijn Fender rammen, als test hij dit huis op constructiefouten.

Moeder is niet thuis, vader is niet thuis – piep zegt de muis.

In het achterhuis.

Waar heb ik Anne Frank gelaten?

Vorige zomer hadden ze muizen bij Donatienne Coninx. Zoveel dat de loods ervan ritselde. Donatiennes vader zette vallen – een speciaal soort dat ik nog nooit gezien had. Geen dicht-

klappende veer op een plankje, maar blokjes hout met drie gaten waarin je stukjes kaas schoof en vervolgens via een dwarse
gleuf een galgje van ijzerdraad neerduwde en vastbond met garen. Alles zo geconstrueerd dat het garen als twee tralietjes door
het gangetje sneed, tussen galg en kaas. Muisje komt, kruipt in
gaatje, steekt hoofdje door strop, moet om bij de kaas te kunnen
het garen doorknabbelen, galgje schiet opwaarts, muisje ge-
wurgd. Gruwelijk, geniaal.

(Wie bedenkt zoiets, vraag ik me dan af. Waar woont hij, hoe
leeft hij, heeft hij kinderen, bidt hij 's zondags tot de Heer?
Hoeveel wordt er voor zijn uitvinding betaald?)

Donatiennes vader had soms amper de tijd om de galgjes te
installeren, zo gezwind kropen de muisjes naar binnen. Drie
lijfjes, bengelend uit het blokje, vaak nog scharrelend met de
achterpootjes. Dan trok meneer Coninx nog eens extra aan de
ijzerdraad, één keer zo hard dat het muisje onthoofd werd en
het bloederige lijfje op de grond tuimelde en Donatienne in de
keuken moest worden bijgebracht met een glas cola.

Naar boven, naar mijn kamer, in het voorbijgaan op Carlo's
deur bonzen, maar hij hoort me niet, klimt alweer in een gie-
rende solo, ik stel me zijn hemelwaarts geheven hoofd voor, de
ogen gesloten als richt hij zich tot het Opperwezen, zijn mond
beweegt geluidloos tussen standen die voortdurend de klinker-
reeks a-e-o-u lijken te vormen. Als je hem zegt dat hij Jimi
Hendrix nadoet, veinst hij verontwaardiging.

Op mijn tas kleven geen stickers, staat niks gestift.

Taak Nederlands, zakelijke communicatie, persbericht opstellen over een milieucongres. 'Wie fax heeft of e-mail, mag
het mij ook thuis toesturen,' sprak de leraar modern. 'Nummer
09/325.36.61, adres Piet.Tackaert@ping.be.'

'Heeft u Internet, meneer?'

'Nee, Severine.'

Wij wel. Fax ook, e-mail ook. Dus gebruiken we ons opstel-
schrift.

De bladen beginnen los te laten.

'Donkerblauwe stapelwolken als een ver rotsmassief tegen de hemel.'

Tackaert heeft de zin rood omcirkeld en er een 'Mooi!' naast geschreven. Gegrift eerder: de letters staan driedimensionaal in het kringlooppapier gedrukt.

Ik schrijf eronder: 'Gejat van Slauerhoff.'

Wat niet waar is. Maar weet hij veel.

Mijn vader is wel geen scheepsarts (ook geen kapitein op een olietanker), maar evengoed is hij zelden thuis. Hij is ook rijk. Tussen mijn moeder en mijn vader botert het niet zo erg. Daarom is ook mijn moeder steeds zeldener thuis.

Aan het cliché zul je niet ontsnappen, dat is al eeuwen zo.

Wie wil er nu mijn spleetje zien?

Persoonlijk vind ik er niets aan.

Patje? Het handschrift lijkt ook op dat van Michiel, maar dat zou me verwonderen, amper drie weken nadat hij het uitmaakte. Waarschijnlijk zie ik gelijkenis, omdat ik dat graag zou willen. De wens bevrucht de waarneming. Hoewel – stel dat Michiel dit had geschreven, dan zou hij Michiel niet meer zijn. Ik bedoel, niet de Michiel waarmee ik ging. De lieve, niet-aanstellerige, niet-vulgaire Michiel. De wat bedeesde, schuwe jongen die het meisjeshart zo aanspreekt, jawel, lach maar. Water is nat, daar helpt geen moedertjelief aan.

Michiel vond me te *slim*. Zo formuleerde hij dat. En dat kon hij niet verwerken. Hij had het wel geprobeerd, zei hij, want hij zag me echt heel, heel graag, maar het was hem niet gelukt. Hij kreeg er complexen van. Had soms het gevoel een lerares aan de hand te hebben.

Ik zal me wat dommer gedragen, zei ik. Ik meende het, ik had er veel voor over om onze relatie te redden. Maar dom zijn is al even moeilijk als verstandig zijn – als je het niet bent. Het valt me even moeilijk te zeggen dat twee plus twee vijf is, als

voor Patje dat het vier is. Daar moet je echt je gedachten bij-
houden.

Nou ja, Patje kan best wel sommen makcn. Maar bij quarks
denkt hij aan zuivel.

Michiel weigerde. Hij heeft principes, zei hij. Geen compromis.

Principes, aan het einde van deze eeuw.

Dag Severine.

Met een traan, dat wel. Een dikke, struikelend in zijn stop-
pelbaardje.

Ik kreeg ook mijn gedichten terug, twee dagen later, bij de fiet-
senstalling.

En als ik nu een jongen was geweest? vroeg ik hem nog.

Hij bekeek me verwonderd. Hij was toch geen homo?

Nee, maar stel. Ik was de jongen, hij het meisje. En hij dommer dan ik. Zou hij dan ook een complex hebben gehad?

Hij haalde zijn schouders op, fietste weg.


3


Spiegeltje, spiegeltje in mijn hand, wie heeft het mooiste spleetje van het land?

Nou, ik niet. Ik kan moeilijk vergelijken, natuurlijk, maar dit
spleetje lijkt me niks bijzonders. Even opentrekken—zie maar:
een doodgewone poes. Alles erop en eraan, maar ook niet meer
dan dat. Haarbosje, kittelkop, standaard lippensets. Eenvoudig
doch proper. Een beetje verwaarloosd misschien. Door niemand speciaal gesoigneerd.

Maar dat vind ik best.

'Ik heb een lief in Zwitserland,' zei Patje.

'Ja, Patje.'

'Shit, echt waar. Ursula. Spaart zich volledig voor mij. Als ik haar 's zomers terugzie, hangen de spinnenwebben in haar kut.'

Naast deze heer ben ik gezeten, op de eerste rij, aan de kant van het klooster.

Vanochtend keek ik door het raam en er verscheen een kat op de richel van het kapeldak. Ze ging even zitten, wandelde meteen weer weg. Ik vroeg me af waarom. Wat stuurt de handelingen van een dier? Waarom vliegt een mus van de dakgoot naar de nok? Niemand in de buurt, niets te vreten daarboven, en toch vliegt zo'n mus naar de nok en gaat er een beetje om zich heen zitten staren, terwijl de wind onder haar veren kruipt. En dan zeilt ze een boom in, waar ze ook al niks uitricht.

Misschien heeft ze gewoon de smoor in.

Michiel betastte mijn borsten na *Evita*. Heel voorzichtig, alsof hij mezeneitjes roofde. Zijn vingertoppen beefden. Dat vond ik zo ontroerend. Het kittelde en ik moest op mijn tanden bijten.

Thuis schreef ik een gedicht: 'Op de toppen'.

Toen ik het na ons afscheid terugkreeg, samen met de rest, zag ik dat hij 'etherisch' had opgezocht. 'Hemels,' stond ernaast, in slecht uitgegumd potlood. Ook met andere gedichten had hij dit gedaan. Woordverklaringen opgeschreven, aantekeningen gemaakt, streepjes in de marge gezet, vraagtekens.

Alsof hij zich voorbereidde op een toets.

Eigenlijk bedoelde ik 'vergeestelijkt'.


4


Wie in de klas wist dat ik vanavond naar de Decascoop zou gaan?

Vader en moeder nog steeds niet thuis.

Broeder naar het café. 'Een peingtsje dreingke. Goade mee?'

Nee, broeder.

Ik ga ook niet naar de Decascoop.
Ze kunnen me wat.

Tv dan maar.

Pulp, zowel fictie als factie. Zappend langs acht kanalen vallen wij achtereenvolgens op Margriet Hermans, Bart Kaëll, een uitgebrand autowrak, Australiërs met huwelijksproblemen, Amerikanen met huwelijksproblemen, Vlamingen met huwelijksproblemen, nog eens Margriet Hermans, Franse scholieren die kibbelen aan een formicatafeltje in een hamburgertent. Een carrousel van hoofden, langsflitsend op de kadans van mijn duim.

De scholieren zien eruit als Apollo of Aphrodite.

Margriet Hermans niet.

Ik heb niks tegen Margriet Hermans.

Niks tegen Kaëll.

Niks tegen Australiërs.

Tv uit.

Naar papa's werkkamer. Computerspelletje. Ceedeerommetje. Een surfje. Ach.

Toilet, en krant mee. Seksleven van Waalse ministers. Seksleven van Bill Clinton. Hoe krom is zijn pik? Houdt kniepees van Degryse het? Multimediarubriek. *Jongerengemeenschap denkt na op Internet.* 'RERUADSA heeft virtueel huis gebouwd waar jongeren kunnen chatten over reële problemen van de informatiemaatschappij.'

Op Internet staat een huis.

Kijk eens aan: men plant een digitaal tijdschrift, cybertechnofuiven. Maar: 'Jongeren beseffen wel dat het vaak praktischer is om in de reële wereld van gedachten te wisselen dan via het net. Daarom komen ze ook samen, in cybercafés. Zo'n bijeenkomst heet een IRL – *In Real Life Meeting.*'

LWOB – Laten We Ons Bescheuren. De snelweg, om uiteindelijk met z'n allen toch weer bij de bar te belanden.

Ik heb niks tegen Belgen.

Laten we ons reinigen.

Terug in werkkamer en toch even proberen.

Adres is *http://reruadsa.sic.kotnet.org.*

Klik zegt de muis in het cyberhuis.

De website spreekt me toe: 'Reruadsa streeft naar nieuwe verbondenheid. In onze geglobaliseerde wereld dreigt desintegratie een van de fundamentele uitdagingen te worden. Individualisering woekert overal.'

Hoeveel potlood zou Michiel hierbij nodig hebben?

Ik ben solidair.

Klik, klik, klik, klik.

Ja, ik wil deze Windows-sessie afsluiten.

Klik.

Dag DOS met de C.

Bad laten vollopen en briefje schrijven naar Patje.

'Sorry, Patje, ik bedoelde het niet kwaad. Maar je zat er ook om te vragen.'

Wellicht weet Patje niet eens meer waarover het gaat, als hij dit briefje ontvangt.

Gone with the wind.

Briefje verscheuren.

Ontkleden, badjas klaarleggen.

Wel, wel–wie we hier hebben: Anne Frank, ondergedoken in het stapeltje kleren op de wasgoedmand.

Mijn moeder, zonder enige twijfel.

Virtuoos op de poes, zijn wij, evenzeer als op de muis.

Duizelen, wegzinken, het koud krijgen en herboren worden, uit een zee van geurend schuim.

Post coitum omne animal triste, maar niet deze Venus: zij stapt op de mat, droogt zich af en masseert een Hydro Active Body Lotion in haar gouden huid.

Haar moet geknipt worden.

Mijn arm trilt nog na, kan de föhn niet onbeweeglijk houden.

Ik ben knap.

Donatienne heeft een vibrator.

## 5

Werken nu–werken voor Michiel.

'En jou, Michiel, geef ik Anne Frank,' sprak Tackaert, die niets moet weten van vrije lectuurkeuze, en ik zag onmiddellijk de angst zwellen in Michiels schone, reebruine ogen, en dus vroeg ik hem 's middags of hij wou dat ik de klus voor hem klaarde. Ik kende het boek goed, had het zelfs in mijn bibliotheek en zo'n referaat zou mij misschien een uurtje kosten of zo. Terwijl hij–ach. Tien bladzijden brengt Michiel aan de rand van de uitputting en dan heb ik het over lezen. Maar in gymmen is hij een kei. Aardrijkskunde gaat ook. Geschiedenis iets minder.

Nee, zei hij. Er zijn principes.

Oké, zei ik.

Twee dagen later kwam hij toch naar me toe. Goed, zei hij, als je je maar niets in het hoofd haalt. Geen gezeur naderhand. Dit betekent totaal niet dat wij weer...

Michiel toch, zei ik. Geen haar op mijn hoofd. Pure collegialiteit, ziedaar mijn motief. Strictly commercial, zelfs: betaal me een hamburger en we spreken er niet meer over. Een giant, wel te verstaan. Met friet en een slaatje.

Dus wat zullen wij Tackaert meedelen? Dat Anne Frank een groot talent was, natuurlijk. Dat, had zij mogen leven, een groot schrijfster uit haar was gegroeid. Dat taal de enige veilige plek was waarin zij zich kon terugtrekken. Dat haar dagboek een uniek document is uit de bezetting, getuigend van gevoeligheid, premature opmerkingsgave, karakter en nog zo'n stuk of wat clichés waarmee spreker meteen de helft van de punten zal

96

binnenrijven en die me nu al doen walgen. Lijkenpikkerij. Stukjes lijk zullen de mond van Michiel verlaten, onder de vorm van woorden die hij niet verstaat, zij zullen het harige oor van Tackaert binnendringen en het resultaat zal een voldoende zijn voor Nederlands. Arme Anne: bouwstof voor een diploma, lijm voor een relatie. Het is altijd haar lot geweest: stof zijn – brandstof, conflictstof, stof voor boeken, toneelstukken en films, ter meerdere eer en glorie van professoren en uitgevers en producenten. Nog eens gedeporteerd door haar mythe.

Tot stof zult gij wederkeren.

Zal ik Michiel laten zeggen dat haar ouders nooit ruzieden? Dat Anne daarom gek werd bij het voortdurend gekibbel van het echtpaar Van Pels?

Voorzeker zou Michiel van Tackaert extra punten krijgen voor een korte uitweiding over Annes seksualiteit. 'Een puber in volle lichamelijke ontwikkeling, meneer, opgesloten in een huis. Geen cyberhuis, maar een echt huis, met echte muren en echte geuren en lichamen van andere mensen. Wist u dat Anne lang heeft gedacht dat urine uit haar kittelaar kwam?'

Dit doodlopende ding, noemde ze die.

En haar dagboek doopte ze 'Kitty'.

Ik hoop dat u nu iets meer weet over Anne Frank.

Ik dank u voor uw aandacht.


De lamp op mijn nachtkast zoemt.

De lakens zijn vers, lavendel stijgt op als ik me omdraai.

'Oh, what a fall was there, my countrymen!' riep Sonja en maakte er een weidse, door de klas zeer geapprecieerde armzwaai bij. En ik moest aan Sofie denken.

(Hoor, mams komt thuis. Haar sleutel dringt in het slot, ze heeft wat moeite met de knellende achterdeur, de hamer van haar voetstap loopt driftig, wegzakkend in kortstondige dopplereffecten, over de zoutverglaasde tegels van onze benedenverdieping: mantel aan kapstok in de hal, terug door woonkamer naar keuken, ijskast opentrekken, vijf seconden stilte, ze neemt niks, nooit neemt ze iets, altijd kan ze zichzelf overtuigen dat ze maar beter van alles afblijft, onder meer door tijdens het kijken een schattende hand op haar buikje te houden, klop klop klop nu richting berging, waar de hamer in een hoekkast wordt gezet en ze slippers aantrekt, tien seconden stilte, het zachte rinkelen van het bartafeltje naast de televisie.)

Ik zat te luisteren naar Sonja en opeens dacht ik: hoor dit meisje uit de twintigste eeuw, dat me met woorden uit de zestiende eeuw een Romein uit de eerste eeuw voor Christus weer voor ogen haalt. Want op zeker moment zag ik hem werkelijk: Marcus Antonius, de massa's opzwepend met zijn listige rede.

Van virtuele realiteit gesproken.

En zonder computer, enkel door taal.

Zoals in *De wereld van Sofie*, schoot het door mijn hoofd.

Misschien omdat Oscar het boek nog altijd niet heeft teruggegeven.

Sofie—het vijftienjarige meisje dat opeens ontdekt geen mens te zijn, maar een romanpersonage. Dat ze niet in de wereld bestaat, maar enkel in taal, in de geest van een schrijver.

'Wie ben je?'—'Waar kom je vandaan?' Zo begint het. Dat soort briefjes krijgt Sofie toegestuurd. Niet: 'Mag ik je spleetje zien?' Afzender onbekend, net als die van mij. Maar Sofies briefjes komen per post. Chiquer dan een krabbeltje in je mantelzak. En haar afzender is duidelijk geen puistige geilbaard, maar een soort kosmisch professor, zo blijkt spoedig, wiens mailing geleidelijk aan uitgroeit tot een heuse cursus filosofie.

Toen ik het boek uit had, gaf ik het cadeau aan Oscar. Hij had me die Salinger gegeven en ik wou iets terugdoen. Maar hij had deontologische problemen. Van cliënten aanvaard je geen geschenken, zei hij. Ik ben geen cliënt, zei ik. Mijn vader is je cliënt, hij betaalt. Maar hij bleef weigeren, zei dat hij het wel wou bekijken, maar het me nadien zou teruggeven.

Hij woog het boek op zijn hand, zette zijn bril op. Gaardner, las hij. Een Engelsman?

Nee, een Noor, zei ik. Gaarder, niet Gaardner. Jostein Gaarder.

Waarom wil je dat ik dit lees?

Ik haalde mijn schouders op.

Zomaar, zei ik.

Ik wist het eigenlijk zelf niet. Misschien wou ik gewoon opscheppen. Dat ik die pil had uitgekregen. Hem uitdagen. Oscar is geen boekenwurm, en dan vijfhonderd bladzijden Kant, Nietzsche, Descartes. Het leek me leuk hem te kunnen betrappen op iets wat hij niet begrepen had, of stiekem overgeslagen.

Ik begon erover bij ons volgend gesprek. Ja, zei hij, ik ben al druk bezig. Eh, de vader van die Sofie is kapitein, nietwaar, en altijd weg – zo'n beetje als jouw vader?

Ik schoot in de lach. Laat Freud hier buiten, asjeblief, zei ik. En dat hij kapitein is, staat al op de eerste bladzijde. Ben je nog maar zover?

Hij bloosde.

Natuurlijk: Marcus Antonius heeft echt bestaan en Sofie niet. Zij bestaat alleen op papier. Tweemaal zelfs. Hoofdfiguur van een boek in een boek.

Hoewel – dat Marcus Antonius heeft bestaan, heb ik ook maar van horen zeggen. Omdat anderen dat voor mij hebben opgeschreven.

Geschiedenis is een reusachtige roman, sprak Caesar inleidend in september. En dat zal zo blijven, zolang we geen tijd kunnen opnemen als beeld en geluid.

Ik probeerde het me voor te stellen. Tempus-cassettes, naast audio en video. Een reusachtige time-recorder die van minuut tot minuut meedraait met de wereld, ergens in een zwart gat. Hoe zat dat ook weer met Clintons dood? Hop: stukje Amerika downloaden en play.

Caesar wist niet wat downloaden betekent.

Stel, dacht ik, ik ben ook maar een personage. Een papieren

meisje, ergens in een boek of een verhaal. Ik, Severine: elektrische impulsen in een schrijversbrein.

Sofie overkomt van alles wat ze niet kan verklaren. Mysterieuze brieven, ontmoetingen. Tot ze haar ontdekking doet en begrijpt wie het haar allemaal flikt.

Wat mij overkomt, is best verklaarbaar. Mij overkomt helemaal niets. In ieder geval niks om een boek over te schrijven. Maar misschien is dat nou net de bedoeling. Misschien wil mijn auteur bewijzen dat geenstof ook stof is. Dat het met mij als hoofdfiguur prima lukt en er geen prinses vereist is, of Scarlett O'Hara, of een seriemoordenaar. Het verhaal is dood, zei Tackaert onlangs. En over intertekstualiteit had hij het ook. Vandaar mijn leesdwang? Mijn god, ik zit met een postmodernist opgescheept.

Een vrouw natuurlijk, anders was ik wel een jongen geweest. Jammer voor Michiel.

Misschien probeert zij *De wereld van Sofie* nog eens dunnetjes over te doen. Daar zijn miljoenen van verkocht. Of ben ik toch welstof en schrijft zij mijn verhaal, net als de schepper van Sofie, ter stichting van iemand anders? Bent u welzijnswerkster, mevrouw, psycholoog? Heeft u een hoogbegaafde dochter met gedragsmoeilijkheden en biedt u haar via mij een helpende hand? Dan mag u wel snel een en ander beginnen te verzinnen. Mijn voorbeeldfunctie lijkt me verre van geslaagd tot nu toe. Wat wenst u dat ik doe? Zal ik mijn broer bekeren tot de luit? Zal ik mijn demente grootmoeder heldhaftig gaan verplegen? (Heeft u haar daarvoor onlangs die beroerte bezorgd?) Zult u mij vanaf morgen, via diepe gesprekken, mijn ouders weer nader tot elkaar laten brengen?

## 6

Indien ik al de hoofdfiguur ben.

Misschien zit ik in een boek over Patje, die vanochtend zo vreselijk uit zijn bek stinkt dat ik er misselijk van word, iedere keer als hij naar me toe buigt om mijn formules te kopiëren.

Een echt volks boek, over een riekend, vuilbekkend, petomaan ettertje.

(Hoe komt het dat men zijn eigen stank niet ruikt? Waarom valt Patje, met zijn neus net boven die beerput, niet flauw? Waarom vinden wij onze eigen stank altijd draaglijker, lekkerder dan die van een ander? Volgens mij bewijst dit iets dieps, iets existentieels. Ik weet zelf niet zo meteen wat, maar iets over astrale lichamen of zo. Over geest en ziel. 'Geest' betekent 'vluchtige stof'. Die wordt in eerste instantie geroken. Stinken is ook het eerste wat een mens doet als hij dood is. De geest geven. Ruikt de eigen dood ook het best? Wat een prachtige vraag–zelfs voor God niet te beantwoorden.)

Michiel rook altijd lekker.

Michiel is ziek vandaag. Als ik omkijk, zie ik het gat boven zijn stoel, afgetekend tussen de andere lichamen. Alsof hij er toch is, maar op een negatieve manier.

Etherisch.

De zon staat laag boven de kloosterkapel, de vis die ik vanmiddag heb gegeten, ligt op mijn maag en nu hebben wij Frans van een sympathieke dame die Devlaeminck heet en getrouwd is met een hoge pief in de vakbond en altijd dc stakingen organiseert op onze school, wat haar nog geliefder maakt. Hoewel ze het nu wel erg bruin bakt door ons de subjonctif aan te reiken als middel tot maatschappelijke bewustwording. Wie niet meer aanvoelt wanneer een subjonctif vereist is, zegt ze, heeft het genuanceerde spreken verleerd en zal, evenmin als hij nog in staat is anders te denken dan in wit en zwart, geen onderscheid meer maken tussen liberalen en conservatieven, tussen marxisme, leninisme, socialisme en stalinisme.

Er ontstaat wat geharrewar, Jan Oostveld zegt dat dit ook niet meer nodig is, 'madame, puisque nous vivions dans le temps post-communiste', waarmee hij overal waarderende gezichten en geluiden oogst, die hij duidelijk niet correct inschat, gezien de trotse blos op zijn wangen. Wat Devlaemincks stelling bewijst. Tweemaal eigenlijk, want na 'puisque' hoort een indicatief.

Devlaeminck waarschuwt voor 'des manipulations de toute sorte', en dat we de macht van het woord nooit mogen onderschatten. En dat Jan beter 'l'ère' zegt in plaats van 'le temps'.

Duiven vliegen af en aan op het kapeldak, de leien zien hier en daar wit van hun uitwerpselen. Een meter onder de goot loopt de richel, waarop gisteren de poes verscheen. Vandaag heb ik ze nog niet gezien – wat ik jammer vind.

De duiven niet, neem ik aan.

Het regent.


7


Zoals: hier ben ik, weer thuis, en ruim op verzoek van mijn moeder de keukentafel af. Intussen spreekt zij in de woonkamer met haar echtgenoot: over de aankoop van een nieuwe stofzuiger en of het, gezien de stookolieprijs en de situatie in Irak, niet verstandig zou zijn de tank vol te laten lopen.

Zoals: het is avond en mijn broer vertrekt naar vrienden om cd's te beluisteren. Hij houdt er eentje onder mijn neus, een cd bedoel ik, waarvan ik nooit gehoord heb. De groepsleden zien eruit zoals ze waarschijnlijk klinken.

'Dad'es muziek, zie, mijn zoetse.'

Zoals: mijn vader is nu moe, heeft hoofdpijn, komt nog even de keuken binnen en wenst me welterusten.

Slaapwel, Severine. – Slaapwel, papa. – Alles oké? – Ja, hoor. –
Op school? – Prima. – Leuke dag gehad? – Gaat wel. We hebben
over Lenin en Stalin geleerd.

Hij kijkt onzeker, zoals veel mensen, wanneer ze de waarheid
horen. Zal hij over Oscar beginnen? Nee, hij schraapt zijn keel,
werpt een blik op zijn horloge, zegt nou, dan eh...

Ik hoor hem boven in de weer met deuren en daarna het ruisen van de douche.

Ook buiten valt nog steeds de regen.


Op mijn kamertje nu, tussen mijn boeken, mijn planten, mijn
spullen.

Muziek van Schubert, maar papa slaapt, dus mag niet te luid
en de koptelefoon – ach, dat ding op je hoofd en je haar in de
kreuk en je oor in de deuk.

Naar beneden dan maar, papa's werkkamer, computer.

Een surfje, een spelletje?

Werken. Word 6.0 – directory Severine, bestand Michiel.doc.

'Je spreekbeurt zal volgende rubrieken bevatten,' gebood de
leraar.

Welke ook weer? Jezus, nog eens trap op, trap af, map Nederlands openspreiden.

And she's buying a stairway to heaven.

*'Toen Anne Frank in Bergen-Belsen...'*

Nadat Anne Frank... Toen de Duitsers... Zodra het achterhuis...

Sorry Michiel, morgen misschien.

Hiernaast tinkelt de bartafel, een papiertje valt uit mijn map.

Piet.Tackaert@ping.be.


Zoals: nu heb ik dit bericht opgesteld.


*Beste meneer Tackaert,*

*Ik zou u graag nog eens spreken. Een koffie in Het Keukentje?*
*Zaterdag om 15 uur past mij uitstekend. Gelieve niet te bevestigen,*

*ik zie wel of u er bent.*

   *Hartelijke groeten,*

   *Conny Oudendijk-Bakelmans*

   PS *Ik vond toevallig uw e-mail-adres op het bureau van mijn dochter, Severine.*

Versturen?

Hij met zijn lijmende ogen, een maand geleden bij ons thuis. Want meneer Tackaert bezoekt al zijn leerlingen persoonlijk, hij is zeer gemotiveerd en ziet zijn job ruimer dan als louter kennisoverdracht.

En zo zat hij daar opeens in onze woonkamer, op onze sofa, kopje deca in de hand. De gerijpte vrijgezel in het vlotte pak, zich lovend uitlatend over Severine, een van zijn beste leerlingen, mevrouw, en dat zei hij niet zomaar, misschien was ze af en toe wel een beetje te zus, en soms een beetje te zo, maar goed, we kennen allemaal de omstandigheden, nietwaar Severine, en liever een kritisch luisterende persoonlijkheid dan een knikkende papegaai, en intussen reikte de moeder koekjes aan en offreerde borrels, wijn en bier, wat hij allemaal omstandig afsloeg: nooit tijdens het werk, mevrouw Oudendijk, niet dat hij dit als werk beschouwde, begreep hem asjeblief niet verkeerd, hij vond het zijn plicht leerlingen als mens te benaderen, het gebeurde veel te weinig, en hoe ging het overigens met meneer Oudendijk, was hij...

Leerlingen als mens benaderen. Ja, dat is aan Tackaert wel besteed, natuurlijk. Vooral dan het vrouwelijk contingent onder zijn leerlingen, want daar in het bijzonder situeert zich het Tackaertse mensdom. Annick Deleersnijder, en Donatienne Coninx, en Fatima Gürsel, en Tine Stroobandt – allemaal prachtexemplaren, en zeer benaderbaar: vlug nog lipje aanzetten tussen wiskunde en Nederlands, knoopje opendoen, blik op maximale ontsluiting.

En mijne moeder: hoe luisterde ze, de woorden van haar gast drinkend als hemelse dauw, kortgekleed zoals altijd en de rest van haar leeftijd verstikkend in een korset van anachronistische gebaren en geluiden: kirrend, nippend van haar cherry-brandy, vrouw van de wereld met eigen job en verantwoordelijkheden, en steeds weer dat precieuze handje om krullen te schikken in haar nek.

Severine, wil jij nog een beetje koffie zetten voor meneer?

Natuurlijk, mama.

Versturen wij dit bericht?

Ja, natuurlijk.

Wij roepen op: Eudora, e-mailgodin met de gevleugelde voeten.

Klik, sleep, klik – draag, o Eudora, nu mama's verzuchting Tackaertwaarts.

Waarna wij – klik, klik – niet vergeten de sporen te wissen, natuurlijk. Out en Clear.

Dom zullen wij wel nooit worden, vrees ik.

En zie, wat blijkt nu? Luikje B van de operatie lukt niet. Dit meisje wil nu naar haar moeder e-mailen, op haar kantooradres, en daarbij de indruk wekken alsof het bericht van dauwtapper Tackaert komt, en dat gaat niet. Telkens als zij probeert de afzender in het berichtenhoofd te veranderen, zegt Eudora tuut. Een kwartier ben ik er nu al mee bezig en zou wel tegen de muren willen oplopen. Hoofd blijft 'Oudendijk-Bakelmans@ping. be', weigert 'Piet.Tackaert@ping.be' te worden. Wie namens Tackaert wil mailen, zal zich toegang moeten verschaffen tot zijn computer.

Ziedaar de communicatiemaatschappij. Alles kan virtueel, behalve communicatie.

Dan maar op de oude manier, met een ATMP, *Appeal To Mister Postman*. Evident, wellicht, dat smokkel via de snelweg niet lukt en binnenpaadjes nodig blijven.

*Beste mevrouw Oudenburg,*
*Ik zou u graag nog eens ontmoeten, liefst op neutraal terrein.*

*Doet u mij aub een plezier en kom zaterdag naar Het Keukentje voor een koffie. Laten we zeggen drie uur. U hoeft niet te bevestigen, ik zie wel of u er bent.*

*Hartelijke groeten,*
*Piet Tackaert*
PS *U herinnert zich mij nog? Ik ben Severines leraar en was onlangs bij u op bezoek. Een middag waaraan ik met veel genoegen terugdenk.*

Wij printen deze brief, kopiëren Tackaerts handtekening (honderd voorbeelden in onze map), vouwen deze brief, stoppen hem in een enveloppe waarop wij moeders naam en kantooradres aanbrengen met onze niet te identificeren linkerhand. Wij sluiten de enveloppe. Vervolgens likken wij aan de achterkant van koning Albert II, Vorst der Belgen, en kleven het zegeltje in de rechterbovenhoek.

Morgen zullen wij deze brief posten. Begerig zal hij de gleuf van de rode bus binnenglijden, net onder het gouden hoorntje.

Ooit word ik nog een beroemd romanschrijfster.


## 8

Papa vraagt sigaren mee te brengen.

Een van mijn favoriete boodschappen: het terloopse waarmee hij me tienduizend frank in de hand stopt, het ritje met de tram, wat ik een sympathiek voertuig vind, de winkel, waar de dame mij kent en me meteen naar het aparte kamertje leidt, achter de glazen deur die eerst moet worden geopend met een sleutel, als betraden wij een sacrale ruimte. Of een couveuse: panatella's, churchills, corona's worden er op constante temperatuur en vochtigheid gehouden, alles klinkt er gedempt, zodat je de neiging hebt nog stiller te gaan spreken.

Zeker als je de prijzen hoort.

Exclusiviteit en inwijding. En stank. Wie vindt dat sigaren

lekker ruiken, moet daar eens binnengaan. Of eens dicht bij papa gaan staan, tegen een uur of vijf. Of als hij net uit bed komt.

'Hm, den ouwen es thuis zekers?'

Mijn broer, met gefronste wenkbrauwen en opgetrokken neus.

Hij heeft gelijk. Maar dat hoef ik hem daarom nog niet te zeggen.

Zaterdag in de Veldstraat, een kabbelende rivier van mensen, met tegengestelde stromingen op de stoepen, kolkjes bij warenhuisingangen, stilstand bij chocolade- of wafelkraampjes. Muziek uit winkeldeuren en uit de afgebladderde gitaar van een kouwelijke jongeling die zich zelfs de moeite niet meer getroost erbij te zingen. In de koffer van zijn instrument liggen welgeteld twee vijffrankstukken. Oorzaak of gevolg?

Ik probeer op te schieten, mijn kostbare vracht beschermend onder mijn arm. Er is een tv-special over Bowie die ik moet opnemen voor mijn broer en ik ben de video vergeten te programmeren.

Vooral de paartjes zijn hinderlijk. Ze stappen veel trager dan de anderen, moeders met kinderen uitgezonderd. Paartjes van alle leeftijden en in alle graden van in-elkaar-gehaaktheid. De losjes gearmde veertigers, de stijfgearmde dertigers, de catatonische twintigers (armen om elkaars schouders, lenden, of allebei – ook hand in hand, met de hare dan in zijn jaszak gepropt, want het is amper zes graden vandaag), de stoeiende, kussende, in elkaars hotdog happende tieners, de bejaarde heer die omzichtig een pelsmantel bij de elleboog stuurt.

Ik ben blij dat ik alleen ben, vrij te gaan en staan waar ik wil. Mijn autonome beslissing of ik halt houd bij een raam of niet, bij een krant in de goot (massamoord in Oost-Zaïre, de borsten van Courtney Love), en hoe lang ik blijf kijken. Als een kat op een richel.

Fnac voorbij, linksaf, wachten op de tram.

Of–nu ik hier toch sta, kan ik evengoed eens langslopen.

Zo speciaal is Bowie nu ook weer niet.

Bij het Gerechtsgebouw drommen mensen samen met witte ballonnen en slogans voor een betere wereld. Het voorlopige resultaat is klemrakend verkeer.

Brug over, een stukje langs het water en daar branden de lampen van Het Keukentje.

De voorbije dagen heb ik Tackaerts en mama's gezicht in de gaten gehouden, maar niets gemerkt. Ik heb ook niet echt een loep gebruikt. Ik bedoel, eigenlijk kan het me niet zoveel schelen.

Maar ze zitten er wel, jezus, allebei, naast de piano. Ik kan nog net de trap ophollen.

Boven zijn alle tafeltjes vrij, ik kruip achter een sinaasappelboompje bij de balustrade en schrik van het ritme van mijn hart. Moet ik lachen of schreeuwen? Daar, enkele meters onder mij, in deze hete arena van slurpende boodschappers, net zichtbaar tussen de boomblaadjes, zitten werkelijk mijn leraar en mijn moeder, godbetert bij een koffie, precies zoals het in mijn script staat.

Gedachten stormen op me af. Stel dat papa binnenkomt. Maar dat gebeurt niet, natuurlijk. Papa is gaan zeilen met een zakenrelatie, ergens tegen de grens, en in dit soort gelegenheden zet hij nooit een voet. Papa haat pannenkoeken. Heb ik daarom, onbewust, Het Keukentje gekozen als rendez-vousplaats? Jezus, het was een grap. Iemand zou hun dat moeten gaan zeggen. Dat op deze farce niet hoefde te worden ingegaan. Berichtjes versturen, leuk, en daarmee afgelopen. Hoogstens zouden ze mekaar opbellen om te speculeren wie erachter zat–en natuurlijk bij mij uitkomen. En dan zou ik schuld bekennen en had Oscar weer een onderwerp voor ons volgende gesprek.

Waarover hebben zij het trouwens? Over mij?

Zie die ernstige blikken.

'Juffrouw?'

'Een cola, asjeblief.'

Moeder heeft haar beige pakje aan, met het roodgebloemde sjaaltje. Ze ziet er goed uit, jong, zelfs vanaf hier. Oorringen, discrete make-up. De look van iemand die op alles voorbereid wil zijn: informaliteit, zakelijkheid, maar ook de eventualiteit van aangenamer dingen.

Tackaert draagt een leren jek dat ik nog nooit heb gezien. Ook hij heeft een sjaaltje om zijn hals, waarvan de knoop uit zijn hemdskraag bolt. Alsof hij auditie doet voor de privé-detective.

Ze bestellen nog een koffie, dat merk ik aan Tackaerts gebaren.

Waarvoor is dat nodig? Duurt het twee consumpties om te zeggen: ik zal er Severine eens over aanspreken? Is het wel de tweede koffie? Vijfentwintig na vier. Het zijn stipte vogels, alle twee, ze zitten hier misschien al anderhalf uur.

Mijn cola – ik betaal en als ik weer naar beneden kijk, zie ik Tackaerts hand terugkeren van een plek die alleen maar mijn moeders hand kan zijn geweest. Want in de flits van een seconde heeft mijn geest de reverse-toets ingeduwd: Tackaerts vingers reiken onafwendbaar terug naar de rechterhand van mijn moeder, die op de tafel rust en met een lepeltje speelt.

Mijn moeders hand blijft liggen, ook nu de tijd weer voorwaarts rolt. Niet trekt ze hem op haar schoot om er stiekem mee over haar rok te wrijven, in een poging de kleffe afdruk van Tackaerts palm te verwijderen. Want die is onverdraaglijk. Bij de overhandiging van een rapport, bijvoorbeeld. Nee, ze tilt hem op en schikt er krulletjes mee.

En papa maar zeilen.

'Vogelen doen z' allang nie miêr.'

Hoe wist hij dat?

'Omdat ulder bedde nie miêr piept.'

Haha.

Arme mama. Zo in nood – zo buiten-haar-schuimende-zinnen dat ze bezwijkt voor Tackaerts filantropie. Tackaert, de gaatjesvuller.

Ik ben probleemloos buitengeraakt.

Ze hadden geen aandacht voor de omgeving. Onbereikbaar, behalve voor mekaar.

Meer ruimte in de stad.

Soms, tijdens een begrafenis, of als we bio hebben, probeer ik me mensen voor te stellen tijdens de liefdesdaad. Mensen die ik ken, bedoel ik. Bij bepaalde lukt dat absoluut niet. Zoals mijn ouders. Of koningin Elizabeth. Of leraren. Ik kan me onmogelijk Bismarck horizontaal voorstellen. Devlaeminck, hijgend, wippend—no way, zelfs niet als ik haar onder Trotski leg, sikkel in de hand, de Internationale zingend.

Patje, met al zijn Zwitserse verhalen—ik krijg hem niet uit de kleren, ik hoor hem niet zuchten, het beeld van zijn piemel weigert zich te vormen. Godzijdank. Onder zijn voorhuid krioelen de maden.

En zie: in de etalage van deze juwelenwinkel probeert Tackaert nu op mijn moeder te klimmen en dat lukt. De scène voltrekt zich brutaalweg voor mijn ogen, die ongelovig toekijken en zich dan sluiten voor de naaktheid van mama.

'Kijkt doar ne kiêr. Jadadde, mijne vriend...'

Naast mij is een man komen staan die zijn vrouw op de uitgestalde schittering wijst. Hij springt van het ene juweel op het andere, leest telkens hardop de prijs. Ik kan zijn opwinding begrijpen. Zelfs bij het horloge vlak voor mij is het kaartje groter dan het artikel, zoveel nullen moet het dragen. Tien na tien, zegt het. Maar dat kan niet. Toch staat alles hier op tien na tien. Ik weet waarom. Zo vormen de wijzers een glimlach en die moet klanten lokken.

Virtuele vriendelijkheid. Alleen haalbaar op moeders wijze, alweer. Het digitale assortiment tikt maar raak, toont een chaos van tijdstippen, soms met wel zes cijfers.

In mij is het twintig voor vier.

En daar, en daar – 'da bândeke, da reingske.'
Ik draai me om, stap de straat over naar de brug, die omineus
rammelt onder de langsdenderende tram.

9

*Ik wil dat je me naait,*
*in mijn spinnenwebsite.*

Dit soort briefjes zou mama in Tackaerts jaszak stoppen.

De avond valt en ik dwaal nog altijd rond.
Er is niets om naar huis te brengen, papa's sigaren liggen nog
in Het Keukentje. Vergeten. Maar hij rookt toch al te veel.
De restaurants raken vol, pub-interieurs glimmen bruin tussen het neon van meeneemzaakjes, voor de winkels zijn hekken
neergezakt. Uit de voetlichten van torens en trapgevels verrijst
de leugen van het middeleeuwse centrum.

10

Waarom niet eigenlijk? Hij is vast nog thuis en al wat ik wil is
praten. Desnoods terwijl hij zich scheert of anderszins klaar-
maakt voor de nacht. Want aan de stad kan hij niet weerstaan.
Doe maar gewoon verder, Michiel, zal ik zeggen, kam rustig
je haar, wrijf de geur van Lava-lotion in je wangen en rol de
Bac-for-men door je okselgewas, ik ben zo weer weg.
Waarover zullen we 't hebben? Waar trekt de jeugd tegenwoordig heen op zaterdag, waar zijn de grote fuiven en hoe
doet A. A. Gent het?
Ach, geen paniek, ik kom niet zeuren, ik wil niet weten wie
je gezelschap zal zijn, straks, in deze verkeersvrije straatjes met
hun bars en burenlawaai, waar de ademwolkjes van in druk dis-

III

cours verwikkelde paartjes (hoofdzakelijk twintigers, intussen) tegen elkaar opbotsen. Ik kom je plezier toewensen en weinig IQ op de dansvloer.

Of misschien toch, heel eventjes maar. Onze eerste ruzie, bijvoorbeeld: mijn grapje of 'A.A.' Gent dan misschien bestond uit mensen met een drankprobleem, en of dat de reden was voor hun prestaties. Of de avond van *Evita*. Zou ik heel even zo'n herinnering mogen ophalen? Zonder bijbedoelingen, Michiel, ik ben geen hysterische trut, ik zal niet op mijn knieën vallen en snikkend vragen of je dat allemaal vergeten bent. Maar ik loop hier nu toch in de buurt en begin het een beetje koud te krijgen. Ik kom, en leg even mijn handen op je radiator.

11

Zoals: mama nog niet thuis, papa nog niet thuis, broeder even thuis geweest met zijn vlammenwerpersadem (gin-tonic, schat ik), hij heeft gedoucht met 'Voodoo Chile' op streepje acht, next to the mountain, stond hij, om die om te hakken with the edge of his hand, en aan zijn stemvolume te oordelen zou ik het nog geloofd hebben ook. Maar ik ging niet kijken en smeerde zijn boterhammetje, zoals hij me gevraagd had.

Want iemand moet dit land overeind houden.

Dus zullen wij werken, zeven dagen lang. De beslotenheid van papa's werkkamer – blijven wij ons woord gestand, terwijl buiten de muren de nacht regeert, de koorts woedt, het bloed klopt in de wriemeling van de binnenstad.

Windows – Word.

Wij kwamen en wilden onze handen warmen. Alvast, terwijl wij naar de voordeur stapten, keken wij hoopvol door het hoekvenster, waarachter wij Michiels kamer wisten, die kort geleden ook nog ons territorium was – met haar groene gordijnen, ribfluwelen sofa, streepjesbehang, posters van Steffi Graf en Counting Crows en geurmix van sigarettenrook en aftershave.

Michiel.doc.
En wat ontwaarden wij door het dubbele glas?
'*Anne Frank: vijftig jaar later.*'

In die mate verbaasde het ons dat we halt hielden en ons verstopten achter de rododendron, waarvandaan wij, onder wiegende elzenkatjes die in onze palmstaart haakten, toekeken en aanschouwden–hoe op Michiels bed een vrouwspersoon rustte, achterovergezakt in een kussen tegen de muur, de elleboog gesteund op ongeveer de plaats waar ik een vlek van chocolademelk had achtergelaten (hoe lief deed Michiels moeder daarover), deze vrouwspersoon is helemaal aangekleed en toch Donatienne Coninx, colaflesje in de hand, de lange benen gekruist en licht wiegend over de rand van het bed, als poseerde ze voor *Vogue*, ze zit iets uit te leggen en even lijkt het of ze tegen mij praat, maar dan zie ik, in de bank vlak voor mij, Michiels kruin net boven de rugleuning uitsteken.

'*Ten slotte, meneer, beste klasgenoten–een woordje over de erfenis van Anne Frank. Het is algemeen bekend dat zij stierf in Bergen-Belsen, samen met haar zus Margot. Recent onderzoek heeft echter uitgewezen dat een en ander ter discussie dient te worden gesteld. De eminente historicus prof. dr. Jos N. Gaardner, u allen welbekend van zijn research naar Noorse betrokkenheid bij negationisme en andere vormen van geschiedvervalsing, beweert redenen te hebben om aan te nemen dat Anne Frank niet stierf, maar de vlektyfus, die haar zus fataal werd, overleefde. In de verwarrende dagen na de bevrijding zou ze dan in de Sovjet-Unie zijn terechtgekomen, van waaruit ze, tijdens de zuiveringen, ontsnapte naar een niet-Europees land. Daar leeft ze nog en publiceert boeken onder een nieuwe identiteit. Nog steeds volgens Gaardner (een notoir Freud-adept) zou ze dit doen, omdat het trauma van achterkamer en kampen haar veroordeeld heeft tot de onderduik als enige bestaansmogelijkheid. Anderzijds is ze bang een derde aanslag, dit wil zeggen: de moord op haar mythe, niet te zullen overleven. Een herboren Anne Frank kan ook nooit zoveel betekenen voor de joodse zaak als de gecanoniseerde. Intelligent als zij is, beseft zij dit, en brengt, door hierin te berusten, het ultieme offer. Een indrukwekkende les voor ons, jonge mensen aan het einde van deze eeuw.*

*Voor het overige is het wachten op verdere berichten.*

*Intussen besluit ik mijn spreekbeurt met de verklaring van enkele door mij gebruikte termen, zoals de opdracht inhield. Nadien zal ik met plezier jullie vragen beantwoorden.*

KAMPLITERATUUR: *stroming in de Duitse letterkunde van de jaren dertig, ontstaan onder invloed van Hitlers roman* Mein Kampf

ASMOGENDHEDEN: *naties die, medio twintigste eeuw, op grote schaal overgingen tot crematie als alternatief voor begraving*

NEGATIONISME: *van het Engels 'to negotiate' – 'onderhandelen'; verwijst concreet naar recente diplomatieke pogingen om Noorwegen van toetreding tot de Europese Unie af te houden*

FREUD-ADEPT: *vegetariër*

*Ik dank u voor uw aandacht.'*

# 9 Waar witte huizen staan

Hij hield van zijn dochter. Ze werd geboren met iets wat niet kon. Het vroeg lange opnames in universitaire ziekenhuizen om het in orde te krijgen. Trage tijd, wegdruppelend in een infuus.

De nacht voor de operatie bleef hij bij haar slapen op een veldbed, in een eng kamertje, en hoorde haar adem. Achter het glas in de deur wandelden de benen van de nachtverpleegster voorbij – naakt en geluidloos, op dikke zolen.

'Ik doe het niet,' zei zijn dochter tien jaar later.

'Je zult kouvatten.'

'Het regent haast niet meer.'

'Toch wel. Kom, trek die cape aan.'

'Het is een domme cape. Zo'n dom geel.'

'Over twee weken heb je examen. Wil je ziek worden?'

Toen ze vertrok, zaten haar boze ogen en mond in de kap gesnoerd. Ze leek een nonnetje uit oude Hollywood-films – over Damiaan, of een missiepost in Congo tussen wuivende palmen. De cape stond als een tentje op haar stuur en hij zwaaide.

'Prettige dag,' zei hij door het raam. Maar ze keek de andere kant op. Tijdens de bocht om de hoek was haar fietslamp even een glinsterend komeetje in het bedruppelde garagevenster. Toen kwam de duisternis terug.

De politie zei dat ze meteen dood was geweest. Dat de vrachtwagen was geslipt op de keien.

Misschien in Zuid-Spanje, dacht hij. Misschien dat het daar

kan. Op een heet strand, tussen krakende olijfbomen, of in een sjirpende zinderende vlakte waar witte huizen staan.

# 10 In het Cambrium

## 1

De kat–op zekere dag was ze er. Ze stond voor de terrasdeur en duwde haar snoet tegen het raam, onophoudelijk mauwend, zodat de rozige binnenkant van haar muil telkens oplichtte.

Hij stond aan de andere kant, beaujolais in de hand, en zag de dampvlekjes op het glas ontstaan en verdwijnen, en hoe de kattenneus snotstrepen trok, en probeerde zich te binnen te brengen wat ze hun schoonmaakster betaalden voor de wekelijkse beurt van hun fermette, ramen incluis. Hij wist het niet. Wel dat Leentje net die dag geweest was.

Hij nam een slok, geboeid door wat zich aan zijn voeten afspeelde. Muiltje open, muiltje dicht. Een oeroude beweging. Hij moest opeens aan lichtsignalen denken die marineschepen uitwisselen in oorlogsfilms: een matroos rukt aan een soort luxaflex waarmee hij flitsen produceert, die een mijl verder worden opgevangen en begrepen door een kapitein met een verrekijker. Die mompelt iets, bijt op zijn tanden en geeft een bevel dat de koers van het schip en de geschiedenis verandert.

Hier moest je er wel met je neus op staan. Het roze viel, in het wit van het kattengezicht, nauwelijks op. Terwijl dat wit zelf heftig afstak tegen het zwart waarmee het omlijst was.

Hij dronk en vond nog een aanknopingspunt met opstomende kruisers. Het gemauw drong niet door het raam heen. Net als in de film betrof het geluidloze tekens, een puur visuele code–primaire communicatie, die om dadelijke respons vroeg.

Een jonge, zwarte poes, op hun terras, 's middags tegen vijven.

Waar kwam ze vandaan?

Het leek wel alsof ze altijd bij hen had gewoond, zo heftig spande ze zich in om hun aandacht te trekken. Het soort heftigheid dat men zich slechts permitteert bij bekenden die hun plicht niet nakomen. 'Komaan,' leek ze te zeggen, 'als jullie het nu nog geen tijd vinden om mijn bord te vullen...'

Hij nam nog een slok en trok het gordijn dicht.

'Arm diertje,' zei zijn vrouw. 'Verdwaald, natuurlijk, of uit een auto gegooid. Het sterft van de honger, dat zie je zo.'

'Katten genoeg in de buurt,' zei hij. 'En als je zo'n beest eenmaal iets te eten hebt gegeven, raak je het nooit meer kwijt.'

Hij volgde haar blik, die het aanrecht al afspeurde op restjes.

'Trouwens, katten gedijen niet bij ons. Denk aan Molly, en Dorus, en Sylvester.'

Hij loog niet. Toen ze er pas woonden, hadden ze in amper vier jaar tijd drie katten versleten, in een wijk waar nauwelijks verkeer was, enkele landbouwtractors niet te na gesproken. En toch waren de vijf auto's die per dag voorbijhobbelden over het kasseiweggetje, voldoende gebleken om Molly en Dorus al kort na hun toetreding tot het gezin levenloos in de berm te deponeren. Dorus keurig uitgestrekt over zijn eigen ingewanden, als schaamde hij zich ervoor. Sylvester had het zover niet laten komen en verdween meteen de eerste keer dat ze hem toevertrouwden aan de zorgen van een buur (juli 1987?), tijdens hun vakantie op Schiermonnikoog. Een ontroostbare Sandra, die buur de pas overhandigde fles Bols meteen weer uit de handen rukte wegens niet verdiend.

Nu was Sandra de deur uit, studerende belangrijke dingen aan een Amerikaanse universiteit (Tucson, Arizona, meneer–ons geologisch bolleboosje) en was er geen behoefte meer aan een surrogaatbroer of -zus.

Sandra, enig kind.

Toen hij om acht uur naar buiten ging om de auto te stallen, trapte hij in het halfdonker op iets wat voor de achterdeur had gelegen en met een gil onder de rododendron schoot. Hij hapte naar adem en voelde nog tijdens het sluiten van de garagepoort de extrasystolen in zijn hart. (Kan geen kwaad, had zijn cardioloog hem verzekerd: pik om het even wie van de straat, leg hem aan deze machine en veel kans dat hij hetzelfde vertoont. Stress, pure stress. Rookt u? – Nee. – Drank? – Af en toe. – Nou, dan misschien iets meer lichaamsbeweging.)

Hij rookte wel, drie sigaren per week.

Hij deed de poort op slot, bleef staan, haalde langzaam adem. Uit ervaring wist hij dat dit hielp. Het kwam erop aan dat zijn hart de compenserende pauze niet vergat. Badámmm...bam, niet badámbám. Badám mocht, maar moest dan gecounterd worden door een rust. Wie zich vergaloppeert, moet de tijd nemen om weer de juiste pas te vinden.

Hij checkte, met zijn ogen dicht. Badámmmmmm...bam. Mooi, dat klopte. Een pracht van een pauze.

Toen hij weer binnenkwam, was zijn vrouw in de weer met een potje leverpastei.

'Toch bijna over tijd,' zei ze.

Ze was negenenveertig. Maar ze bedoelde de houdbaarheidsdatum.

'Begin er niet aan,' waarschuwde hij.

Ze schraapte de pastei in een schaaltje.

'Breng jij het?'

Zodra hij de achterdeur opende, ritselde de rododendron. De kat verscheen in de lichtcirkel van de buitenlamp, staart pijlrecht omhoog, kop opgeheven, hem zodanig voor de voeten lopend dat hij bijna struikelde. Als de kat van Guust Flater, dacht hij. Daar leek ze ook op. En er was nu ook geluid bij het mauwende muiltje. Hoewel niet overtuigend. Een hees gejank, alsof het beest zich had overschreeuwd, daar waar ze vandaan kwam. Net een concert van de Whiskers bijgewoond, of een match tussen FC De Straat en Sporting Angora.

Minder drinken, dacht hij.

De kat had het schaaltje leeg in enkele seconden, en een

tweede ook, en daarna schrokte ze een in melk verbrokkelde boterham naar binnen.

Van toen af hoorde ze bij hen, als de dagelijks op de deurmat liggende krant.

'We moeten een naam vinden,' zei zijn vrouw. 'Wat vind jij leuk?'

Dat was een week later. Hij haalde de schouders op, draaide een bladzijde om van het rapport dat hij zat te bestuderen.

'Ik zou het leuk vinden, mocht ze alsnog opkrassen,' zei hij.

'De vorige waren Sandra's keuze.'

'Bel haar even op.'

Ze antwoordde niet, trok zelfs een gezicht alsof ze zijn voorstel ernstig nam en zich afvroeg waar ze het nummer gelaten had.

Hij las verder. Vaerenbergh had voortreffelijk werk geleverd. De magere verkoopcijfers in Nederland waren weggesmoesd en verder telde hij minstens om de twee regels een werkwoord op -eren. Objectiveren, maximaliseren, implementeren, acquireren. Ook het nodige inglees. Marketing, advertising, managing, merchandising.

'Wat vind je van Dolly?'

'Wie?'

'Als naam. Is een beetje Molly en Dorus samen. Zou Sandra wel leuk vinden, denk ik.'

'Hoe weet jij dat het een kattin is?'

Ze zweeg, zei toen: 'Tja, dat zullen we eerst moeten bekijken.'

Met 'we' bedoelde ze meestal 'jij', als het om linke klusjes ging.

'Misschien is het beter als ze geen naam krijgt,' zei hij.

'Waarom?'

'Dan blijft ze misschien leven. Al wat kat is, bezwijkt hier onmiddellijk na het doopsel.'

Ze dacht even na. 'Nee,' zei ze, 'de dingen moeten benoemd

worden, anders draait de wereld vierkant.'

Filosofie was ooit haar lievelingsvak.

's Anderendaags kon hij, ten koste van twee schrammen, vaststellen dat de kat geen kater was.

Dolly dus.

Goed, dacht hij. Maar kom niet klagen, als juffrouw volgende week in de berm ligt.

Dorus was een slingeraap geweest die tegen deuren en ramen opsprong en bleef bengelen aan een lijst of richel.

Molly kroop altijd in de Japanse kerselaar, waar ze dan, toen ze nog heel klein was, niet meer uit durfde. En dan mocht hij de ladder op. Om een paniekerige kattenwelp van een tak te plukken waar ze haar nagels een centimeter diep had in geduwd, wat absoluut zijn specialiteit niet was.

Van Sylvester herinnerde hij zich niet zoveel.

Dolly bleek een holtedier.

Dat merkten ze al de eerste dag, toen ze nog 'kat' heette. Ze kroop in elk gat dat zich in de buurt vertoonde. Hij kon geen doos of bloempot in de garage zetten, of binnen de vijf minuten lag Dolly erin. Alsof ze er een speciaal zintuig voor had. Een kier van tien centimeter was voldoende om haar te doen verschijnen, blijkbaar uit het niets, en dan glipte ze als een geest achter zijn rug door het huis in, terwijl hij met een vuilniszak in de weer was, of zijn sleutels zocht.

En dat druiste in tegen de afspraak. Hij had van meet af aan heel duidelijk gesteld: die kat kan blijven, op voorwaarde dat ze niet binnen komt. Geen haren meer op kussens en tapijten, geen gedoe met poepbakken, geen braaksel op de vloer wanneer de wormen toeslaan, geen afgekrabde tafelpoten. En als het even kon: droogvoer. Al die malle gevarieerde blikjes kostten handenvol geld, en als zo'n kat eenmaal okapilever gewend was, moest je met geen korrels meer aan komen zetten. Herinner je je Dorus, die op veilige afstand zat toe te kijken hoe de merels zijn Friskie-brokjes inpikten?

Zijn vrouw ging akkoord, hoewel ze twee dagen later toch een hele doos blikvoer mee had. Uit de Makro, steraanbieding. 'Kijk, nauwelijks duurder dan droog. En we kunnen er altijd brokken doorheen mengen, dan blijft ze ook die gewoon.'

Hij zuchtte.

'Oké, maar in huis komt ze niet.'

'Natuurlijk, hebben we toch afgesproken?'

Hij had zijn raam opengezet, de sigarenrook dreef in walmen naar buiten. Hij zag het even aan, keerde zich weer naar zijn scherm.

Om acht uur schakelde hij de computer uit. Toen hij opstond, viel zijn oog op een donkere vlek, onderaan in zijn boekenkast. Twee lichtjes glommen wazig. Hij stapte dichterbij. Tussen de houten wand en het laatste deel van *De schilderkunst van* A *tot* Z, zat Dolly hem aan te staren, met diezelfde vanzelfsprekendheid als waarmee ze op het terras eten had geëist.

Stom van verontwaardiging beende hij naar de keuken.

'Zie je wel dat...'

Zijn vrouw was er niet. In de garage brandde licht, hij hoorde het schuiven van emmers.

Hij keerde terug, tilde Dolly tussen zijn boeken vandaan, zette haar op de vensterbank.

'En als je nog één keer...'

Het vroeg drie zetjes voor ze naar buiten wou springen. Toen hij daartoe zijn hand op haar rug legde, strekte ze achterpoten en staart en begon hevig te spinnen.

Hij kwam als eerste thuis.

De terrastegels waren nog nat, Leentje was geweest. Hij ging naar boven om zich te verkleden en trof Dolly in hun bed. Een zacht ronkend reptiel, ineengekruld op zijn hoofdkussen.

## 2

Ooit, heel lang voordien, toen de dieren nog spraken, dit wil zeggen: in het Cambrium van hun huwelijk, ze hadden nog geen eigen huis, Sandra was nog niet eens op komst, hadden ze vreselijk ruzie gehad. Een ruzie met erge gevolgen. Daarom hadden ze gezworen: nooit meer.

Ze kwamen van Maastricht, waar haar zus de dag voordien met een advocaat was getrouwd.

De sixties waren voorbij – confusianistische periode waarin van alles en nog wat op één hoop werd gegooid: burgerdom bij decadentie, werklust bij materialisme, hygiëne bij conformisme, ontrouw bij recht op vrijheid. Pas toen de verbeelding troonsafstand had gedaan, in Altamont en Vietnam, waren ook zij erachter gekomen dat al die dingen waarvan ze zichzelf hadden wijsgemaakt dat zij ze niet wilden – een huis, gezin, carrière – niet per se kapitalistische perversies waren, en met een zucht van verlichting hadden ze hun studies voltooid, een baan gevonden, een kerk om in te trouwen, een flatje ingericht met goedkope meubelen, want design was te duur.

Een tijdje nog liet hij zijn haar groeien en weigerde dassen te dragen. 's Zomers lagen ze samen op festivalweides. En bij verkiezingen stemden ze Agalev.

Tot Sandra kwam en ook die dingen hun belang verloren.

Op het trouwfeest van zijn schoonzus had hij een das gedragen. Een grijsglimmende das. Daar had hij, om allerlei organisatorische redenen, niet onderuit gekund. Hij had wat gemopperd – wie wou nu een suite? – maar was dan toch gezwicht. Zijn schoonzus was hem zeer sympathiek.

Onderweg naar huis, hun Renault met een barstend hoofd door wolkbreuken sturend, zei hij dat het tien jaar eerder niet zou zijn doorgegaan. – Wat? – Zo'n das. – Ze had haar schouders opgehaald: hij had toch kunnen weigeren? – Vast wel. En de familie dan? – Opnieuw haar schouders. – Besefte ze wel dat hij het voor haar had gedaan? – Voor haar? – Ja, voor haar. Om zich aan te passen.

Een verkeersbord meldde overstekende herten, maar het enige wat bewoog op de snelweg was een veld van waterbellen, chaotisch opspattend, alsof het asfalt zijn kookpunt bereikte. Al minutenlang hadden ze geen auto gezien.

Ze stak een sigaret op. Hij vroeg of ze dat niet wilde doen: zijn hoofd. Ze duwde de sigaret uit. Op een of andere manier irriteerde hem dat nog meer.

En dan die rondedans, zei hij. – Hm? – Je zus en die Jean-Marc, die notariszoon.

Hij had er zo'n beetje tegenaan hangen kijken, willoos meegedragen door de hossende kring, zijn armen in die van twee zwetende mannen gehaakt die geen Spaans kenden en toch hard meezongen. 'Balalalabamba.' Jean-Marc, medefigurant in de suite, deed in confectie en bakkebaarden en had zich net voor het dansen even afgezonderd om weer op te duiken in een trendy glitterpak. Hij leek op Marc Bolan, zei zijn vrouw, de zanger van T. Rex. Dat vond hij niet.

'Ik heb niks gezien,' zei zijn vrouw.

'Nou, ik wel.'

De scène kwam hem weer voor de geest: zijn schoonzus en Jean-Marc, een Siamees wezen dat, neuzen aan weerszijden in de koker van een lucifersdoosje geduwd, proestend en met de handen op de rug gebonden aan hem voorbijdanste.

Kokkerd in de koker, had de deejay het spelletje genoemd.

Het had erg Limburgs geklonken.

En toen was het doosje gevallen en hadden de twee elkaar gekust, lang, onder gejuich.

'Je kent Martine, als ze in de stemming raakt,' zei zijn vrouw.

'Ze was nog geen vijf uur getrouwd.'

'Ach, ook daarover dacht je anders, tien jaar geleden.'

En op dat moment was het restant van haar sigaret, nog nasmeulend en met een rode vlek op de filter, uit het asbakje op

de vloer getuimeld, wat opeens, in geen tijd, aanleiding had gegeven tot een schreeuwpartij die slechts twee kilometer verder
ophield, toen hij stopte bij een Shell-station om zijn tank met
trillende handen en ten koste van natte knieën (wie had ooit de
vernedering van selfservice bedacht, en waarom was de gastoe-
voer naast zijn uitlaat gemonteerd?) vol LPG te laten lopen.

Leve de Middeleeuwen. Leve horigen, lijfeigenen en slaven.
Leve fucking fallisch feodalisme.

Zwijgend vertrokken ze, de regen nog steeds roffelend op het
dak. Na een kilometer kreeg hij in de gaten dat hij gevolgd
werd: een Mercedes wou niet weg uit zijn spiegel en hing opeens, via een abrupte acceleratie, aan zijn achterbumper, toete-
rend, trekkend met de koplampen. Hij besteedde er geen aandacht aan: 'Cowboys...' zei hij. Zijn vrouw werd ongerust. Hij
kende toch die verhalen, over hold-ups op snelwegen? – Ja,
bromde hij, maar dat was in Spanje, of Turkije.

Alsof de Mercedes dit al te belachelijk vond, schoot hij nu
langszij en begon hem richting pechstrook te drijven. Hij
schrok, probeerde plankgas weg te snellen, maar zijn oude R12
had daar andere ideeën over. Twee minuten later stond hij klem
tegen de vangrail, de Mercedes dwars voor zijn neus.

Zijn vrouw beet met wit weggetrokken gezicht in haar duim.
Tussen de zwiepende wissers door zag hij een man op zich af-
komen, die tegen het zijraampje tikte en hem met de vinger
uitnodigde even uit te stappen. Omdat hij de Shell-uitbater
herkende, ging hij daarop in. Spoedig stond hij bij de achterkant van zijn eigen auto, waar hem een langwerpig en uitgera-
feld voorwerp aangewezen werd dat als een staart naast de uitlaat hing en dat, hoezeer zijn geest ook zijn best deed een andere verklaring te zoeken (een afscheidsgrap van Jean-Marc?)
niets anders kon zijn dan de slang van de LPG-pomp die hij was
vergeten los te koppelen.

Het kostte hun een fortuin.

Ze maakten nooit meer ruzie.

Ze verhuisden en werden gelukkig. Nieuwe vrienden, nieuwe uitdagingen. Nieuwe auto: de Renault moest 's zomers achterblijven in Heiligenblut, waar hij zich had vertild aan de Karinthische Alpen.

Marc Bolan verongelukte in 1977.

Sandra was toen al geboren.

Een gecompliceerde bevalling, veel pijn (hij viel zelf bijna flauw, terwijl hij aan één stuk door haar hand vasthield, haar moed insprak, lieve dingetjes zei en elk ogenblik vreesde dat haar hoofd als een ballon uit elkaar zou klappen) en toen ze twee dagen later, lijkbleek nog, weggezakt in haar kussen met blauwomrande ogen, te kennen gaf dat ze dit nooit meer wilde meemaken, had hij zich niet verzet. Ook toen ze weer thuis was, bleef ze bij haar standpunt. Hij probeerde nog een paar argumenten, sentimentele zowel als psychopedagogische, maar gaf het op.

Het zou bij een dochter blijven.

Dat vond hij jammer.

Ze bouwden hun carrières uit, zij in de overheidsadministratie, hij bij verschillende firma's, tot hij hoofd van de vertaaldienst werd bij Krakeling NV.

Twee jaar eerder had hij een roman voltooid en naar een aantal uitgeverijen gestuurd. *Pan in Vlaanderen*. Een erotische zedenschets over een leraar Grieks. De uitgeverijen reageerden unaniem: dat zijn werk hun bijzondere aandacht had getrokken, maar voorlopig geen plaats kon krijgen in hun fonds. Zij dankten hem voor het vertrouwen.

Panne in Vlaanderen, zei zijn vrouw.

Toen de laatste brief binnen was, propte hij ze allemaal tot een balletje, dat kortstondig flakkerde in het haardvuur.

Soms stelde hij zich voor dat hij een zoon had. Dat hij met hem uit wandelen ging. Hij probeerde zich dan een beeld te vormen van hoe die zoon eruitzag en kwam telkens tot drie verschillende figuren, al naargelang hij zijn vrouw, zichzelf, of Sandra als model voor zijn platonische voortplanting nam.

De Sandra-zoon beviel hem het best. Hij was ook de enige die een naam wou aannemen: Samuel. De andere twee weigerden iets concreters te worden dan 'jongen' of 'junior'.

In 1987 begaf hun platenspeler het. Ze schakelden over op cd. Hiermee verdween T. Rex uit hun huis. Ook op de radio was de groep niet meer te horen. Vertrokken, richting Grands Magasins du Passé.

1994 zette in met kwakkelend weer. En in juni kwam Vaerenbergh, helemaal uit Duitsland, voor Krakeling werken.

Ze konden meteen goed met elkaar opschieten, ondanks het leeftijdsverschil. In hoofdzaak omdat Vaerenbergh het ook aan zijn hart had. Erger dan hij – al een infarct achter de rug, voor zijn vijftigste.

Hij zat vastgevroren aan zijn stoel toen Vaerenbergh het relaas deed: slecht geslapen die nacht, geen eetlust, opgeblazen gevoel in de buik, spurtje naar de tram en opeens: knal. Zweten, braken...

En pijn achter het borstbeen, uitstralend naar linkerarm?

Ja, zei Vaerenbergh.

Hij had geknikt. Hij wist er alles van.

Dat was ook zo. Niet omdat hij het had meegemaakt, maar omdat mensen met een hartfobie alles van het hart weten. Vooral wat er mis kan gaan. Zodra hij de eerste extrasystolen had gevoeld, nu bijna tien jaar geleden (de paniek – de ren naar zijn huisarts, die zei dat het niets voorstelde maar hem voor alle zekerheid toch had doorverwezen naar een cardioloog), was bij hem de overtuiging gerezen dat hij een dood man was. Binnen de kortste keren zou zijn hart het begeven. Die artsen wilden hem dat alleen maar niet vertellen. Speelden onder één hoedje, allemaal. Maar hij was geen idioot. Hij had ook universiteit gedaan, kon lezen. Hij begon alles door te nemen over het hart wat hij in handen kon krijgen. Lemma's in medische encyclopedieën, artikels in tijdschriften, de wetenschappelijke rubriek in zijn krant. Leerde alles over hypertensie, bètablokkers, goede en slechte cholesterol, on- en polyverzadigde vetzuren, de pre-destinatie van erfelijkheid en bloedgroep, de heilzame werking van het aspirientje, olijfolie en vis. En als hij het allemaal optelde, klopte het verhaal van zijn dokters.

Toch wist hij: de klap nadert, onherroepelijk.

Tien jaar was hij nu al aan het wachten. De sigaret meteen opgegeven, alcohol niet: eerst omdat hij dat een te groot offer vond, later omdat een dagelijks glas, vooral rode wijn, cardiaal correct bleek. WIJN VOORKOMT SCLEROSE. Hij kon zijn ogen niet geloven, toen hij dit bericht in zijn krant trof. De totale ontkenning van wat hij, overtuigd murphyist, had leren aanvaarden als een kosmisch principe: *If it's good, it's bad*. Ze hadden het ritueel onmiddellijk ingesteld: de dagelijkse plop van de kurk, net voor het avondmaal. Want dat moest hij zijn vrouw nageven: ze toonde begrip voor zijn fobie en was bereid tot medewerking.

Fietsen deed hij intussen ook – al een hele tijd. Een tweedagelijkse trip in de periferie van de hoofdstad. En toen Vaerenbergh hetzelfde bleek te doen, trokken ze er af en toe samen op uit.

Vaerenbergh was econoom, brandend van ambitie. Een A-persoonlijkheid, volgens Friedmans hartklap-classificatie. Hoge graad van risico: uiterst competitief, perfectionist, adrenaline in plaats van bloed, de simpelste handeling een examen waarvoor zakken niet in aanmerking kwam.

Duitsland was zijn gedroomde land geweest, waar hij zich volop had ontwikkeld. Al meteen bij zijn intrede in Krakeling NV had Vaerenbergh voorstellen. Verbetering van dit, bijsturen van dat, bezuinigen hier, uitbesteden daar. *Gründlichkeit*–daarvoor was hij ook aangeworven, geheadhunt. (Headgehunt? Geheadhunted? Op de vertaaldienst werd, twee jaar na de nieuwe spelling, nog dagelijks gebakkeleid over dit soort dingen.) Vaerenberghs voorstellen werkten. Mocht ook wel, met zijn salaris.

Zijn zwakke punt was taal. Als het op taalgevoeligheid aankwam, was Vaerenbergh een woestijn, waarin hoogstens wat rolgras tuimelde. Hij wist dat zelf beter dan wie ook en liet altijd zijn teksten nalezen, door hem. 'Ik ben jaloers op je,' hijgde hij op hun tochtjes. 'Sterk als Merckx, vaardig als Claus.'

Vaerenbergh kon tekeergaan als een blaasbalg–op hellingen, met tegenwind. Maar dat gaf niet, zei hij. Hij kende zijn grenzen en had het fiat van zijn cardioloog.

Ja, dacht hij dan, dat zal wel.

Op een avond, toen ze dicht bij het Zoniënwoud waren afgestapt voor een laatste verfrissing, vroeg hij wat Vaerenbergh toch altijd met dat water moest. Wist hij niets van het heil der borrel?

Vaerenbergh zweeg.

'Jawel,' zei hij toen. 'Maar ik ben alcoholist.'


## 3

Aan Samuel legde hij uit wat alcoholisme was.

Ze waren aan het werk in de tuin, toen de jongen de vraag stelde.

Het is een ziekte, zei hij. Wie ze heeft, kan niet meer zonder drank.

Kan je genezen?

Eigenlijk niet. Je raakt wel van het drinken af, maar nooit van de behoefte eraan. Eén druppeltje, één likeurpraline, en je bent weer vertrokken. Tomeloos, eindeloos.

Zijn mama en jij alcoholist?

Hè?

Jullie drinken toch elke avond wijn?

Ja, maar dat is anders. Hoe kom je erbij? Nee, wij zijn, wij drinken... Er is een reden voor, zie je. Wij weten wat we doen. En je moet het wel in je hebben, hoor. Een soort voorbestemming. Je wordt geen alcoholist, je bent het. Er is natuurlijk altijd een uitlokkende factor. Maar kijk eens naar dit dorre hout hier. Moet je meteen wegsnoeien. Onthoud dat goed voor later. Dood hout–knip, schaar erin en weg ermee.

Ja, papa.

Eigenlijk wist hij niet zoveel van tuinieren. Maar het belangrijkste was dat zo'n jongen een stevig vaderbeeld meekreeg. Vader de Allesweter, de Altijd Beschikbare, de Raadsman.

Hij dacht aan zijn afstudeerscriptie over Suster Bertken, de Utrechtse kloosterzuster die zich liet inmetselen in de Buurkerk om alleen nog Jezus te dienen, haar 'tuinier', zoals ze hem noemde in gedichten. De Grote Wieder, die haar zieltje zuiverde van onkruid.

'Den distel ende den doorn die werp ick uut.'

Waar was die verhandeling? Zijn eigen exemplaar was hij al jaren kwijt. Doos waarschijnlijk meegegeven met aanbellende scouts. Geen oude kranten, meneer?

Zou de universiteit er nog een bewaren?

Twee jaar van zijn leven, gefossiliseerd tot papier, ergens verblekend achter het glas van een archiefkast.

Van zijn roman had hij wel een kopie. Goed weggestopt, opdat Sandra, die zeldzame keren dat ze thuiskwam van internaat, hem niet zou vinden. Hij had er onlangs nog in gebladerd en zowaar een erectie gekregen.

Wat hij Samuel was vergeten vertellen (maar dat maakte hij de volgende dag goed, aanschuivend in de file bij het Vierarmenkruispunt) was dat voor alcoholisten alles begint met aanvaarding. 'Ik ben alcoholist' – de magische formule, de enige hoop op redding. Zoals ook Vaerenbergh ze had geformuleerd. De *Britannica* (nog vlug even in de rom-spleet gestopt, na zijn tuingesprek met Samuel) wees ook op de cruciale rol die familie en vrienden naderhand speelden. 'There is no such thing as an *ex*-alcoholic.'

Het intrigeerde hem wat voor Vaerenbergh de uitlokkende factor was geweest.

Een week later kreeg hij het onderwerp ter tafel, bij een trappist en een cola, in Taveerne Ruusbroec. Maar verder dan wat geach liet Vaerenbergh zich niet brengen. 'Ach, waarom begint een mens? Duizend redenen, en geen die ertoe doet.'

Nog later kwam hij te weten, via een Krakeling-secretaresse, dat Vaerenbergh weduwnaar was. Vrouw verongelukt in Italië. Treincrash.

Dus dat. Of niet? Op een of andere manier was hij ontgoocheld. Drinken deed je om verscheurender motieven, leek het hem. Niet om zoiets banaals als de dood. Waar miljarden leven, worden miljarden begraven.

'Er moet emmer ghestorven sijn.'

Het wás erg natuurlijk. Toch ware het hem liever geweest (hij schrok toen hij zichzelf deze bedenking hoorde maken) dat Vaerenbergh bijvoorbeeld plots, tja – wat? Hij kon het niet zo meteen zeggen. In ieder geval niets dat met de dood te maken had. Het is het leven dat naar de fles doet grijpen. Ademend, zwetend leven – niet het blauwe flegma van een lijk. Hartstocht, alles wat in een mens gonst en kolkt en hem de neus in de wind doet steken, de oren gespitst, omdat geruis opstijgt aan de horizon. Ideeën, zwart als de nacht, lokkend als het falsetto van de weerwolf. Zonde ook. Misschien zelfs vooral dat. Zonde is ouder dan de dood, ouder dan de liefde. Eva baarde na de uitdrijving. Had men in Eden whisky geschonken, dan was zij de eerste alcoholiste geweest.

Was het wel een treincrash?

Wat deed zij in Italië?

Hij kreeg medelijden met Vaerenbergh, ging hem steeds sympathieker vinden.

Af en toe droomde hij van Vaerenberghs dochter. Een mooie vrouw. Bijna zo mooi als Sandra. Hij had haar een paar keer ontmoet, wanneer hij Vaerenbergh ging oppikken. Zesentwintig, de perfecte leeftijd. De prikkel van de jeugd, gelooid door volheid van vormen en stijl. Net getrouwd, klaar voor het eerste kindje. Maar niet zo mooi als Sandra.

Ze leek totaal niet op haar vader.

Melina, heette ze.

Melina in Vlaanderen.

Hij had nog maar eens een inspanningscardiogram laten afnemen. Zijn hart was opeens, nadat hij de trap was opgerend om een raam te sluiten, naar een versnelling geschakeld waarvan hij tot dan toe–en hij was een en ander gewoon–geen weet had dat ze bestond. Badámdámdámdámdám... Wel een minuut lang. Alsof er een veer afliep achter zijn ribben. In doodsangst stond hij aan de vloer gelijmd, terwijl de hagel tegen de pannen kletterde, zijn hand op zijn borst gedrukt. Maar de veer liet zich niet bedwingen. Ademen–diep, traag. Geen effect. Duizelingen. Hij wou net om zijn vrouw roepen, toen dan toch, even plots als het gekomen was, het geratel ophield. Bijna op hetzelfde moment stopte de bui en brak de zon door.

's Avonds belde hij zijn huisarts. Hij moest elk detail beschrijven. Geen zorg, zei zijn huisarts. Copybook-voorbeeld van een PAT: paroxysmale tachycardie. Plotse, snelle opeenvolging van prikkels in de hartwand. Hinderlijk, maar onschuldig. Toch even binnenkomen voor een ekageetje–puur routine, hoor.

Het ekageetje bevestigde het vermoeden van de arts. Hij hield hem de curvenstrook voor. Zie je deze boog? Net na de piek? Is het PAT-boogje. Geen zorg, afwachten.

Hij had aangedrongen. Waarom geen inspanningsproef? Als schaakliefhebber hield hij niet van pat-toestanden.

Oké, zei de arts.

Bij de cardioloog fietste hij zich te pletter, als bestormde hij de Tourmalet.

'En?' vroeg zijn vrouw toen hij thuiskwam.

'Alles in orde.'

'Je bent veel te bang. Het zit allemaal in je hoofd.'

'Godzijdank.'

'Hoezo?'

Wist zij veel. Bij sommigen zit er niets in hun hoofd, dat had hij willen zeggen. Maar hij zweeg.

Soms, als ze lief wilde doen, noemde ze hem 'mijn hartenzot'.

Had ze hem maar bezig gezien. Al die draadjes aan zijn lijf, een masker voor zijn neus, computers, gebiep, getik, lichtgolfjes op de schermen, elkaar achternajagend als ontketende zaadcellen, en de cardioloog die af en toe de pomp greep om zijn bloeddruk te checken. Een ruimtevaarder, zo had hij zich gevoeld, een belangrijk centrum van een belangrijk experiment.

'Honderdtachtig,' zei hij.

'Wat?'

'Mijn hart: honderdtachtig–zonder problemen. Kom er maar eens om, op mijn leeftijd.'

Ze knikte met appreciatie.

'Gefeliciteerd.'

'Ik denk dat Vaerenbergh een pornoliefhebber is,' zei hij tegen Samuel.

Ze wandelden langs het kanaal.

'Hoe weet je dat?'

'Heb eergisteren cassettes gezien. Ik bedoel: in zijn verzameling. Hij moest even naar de badkamer en het televisiekastje stond op een kier. Nou, dat loog er niet om.'

'Is daar iets tegen?' vroeg Samuel.

De jongen werd duidelijk ouder.

'Nee, natuurlijk niet. Alleen–tja, voor zijn generatie is dat niet zo evident.'

'Kijken jullie naar porno? Mama en jij?'

'Zeg!'

'Waarom niet? Jullie zijn toch zoveel jonger?'

'Precies. Nog geen voorontsteking nodig.'

Hij lachte hardop, Samuel grijnsde kort mee, vroeg toen: 'Ben je bang van de dood?'

Hij bleef staan.

'Hoe kom je daar nu bij?'

'Nou, je loopt toch naar de vijftig?'

Hij wou protesteren. Zesenveertig was *niet* 'naar de vijftig lopen'. En bovendien–was vijftig oud? Hem leek het eerder iets als 'halverwege'.

Ik ben nergens bang voor, wou hij zeggen. Maar Samuel was al niet meer geïnteresseerd.

'Je hebt me nooit geleerd hoe je keitjes doet opspatten,' zei hij.

Hij toonde Samuel hoe je dat deed: projectiel met zorg uitzoeken, voldoende groot en plat, en dan, met een horizontale zwiep, over het wateroppervlak lanceren. Zie je? Kijk, zo.

Hij hoorde iets kraken in zijn schouder, terwijl hij wierp. Het keitje lukte slechts drie curven en plopte toen, na een kort boogje, het kanaal in. Een spatboogje. Toen hij jong was, haalde hij moeiteloos de overkant. Nog wel bij de Buissonbrug, waar het water minstens...

'Misschien ben je gewoon te burgerlijk,' zei Samuel.

'Wat?'

'Om pornovideo's te halen. Bang dat je herkend wordt in de winkel.'

'Belachelijk. En sorry hoor, maar dit gaat je toch geen fluit aan?'

Samuel trok een wenkbrauw op, zweeg. Ze stapten verder. Enkele minuten later bereikten ze de afslag naar hun straat. Hij masseerde zijn pijnlijke schouder. Samuel had nog altijd niets gezegd en hij voelde zich schuldig om zijn grofheid.

'Die Vaerenbergh toch,' zei hij. 'Hé?'

Hij porde zijn zoon in de zij.

'Hm,' bromde Samuel.

'We moeten een beetje begrip voor hem tonen.'

'Waarom?'

'Zijn vrouw heeft zelfmoord gepleegd.'

'Ja?'

'Ja. Voor een trein gesprongen, in Italië.'

Hij probeerde het onderwerp ook aan te kaarten bij zijn andere zoons, maar die waren niet geïnteresseerd.

## 4

Het was 1997, het beloofde een droge lente te worden en Krakeling NV zou op hemelvaartdag een congres organiseren.

VERKOOPSTRATEGIEËN 2000.

Er was al maanden vergaderd, gebrainstormd, sprekers waren uitgenodigd en hotels in Brussel geboekt.

Vaerenbergh was coördinator, geen badge ontsnapte aan zijn aandacht, memo's fladderden door het gebouw en het hele bedrijf danste zoetjesaan richting paranoia.

Ook zijn vrouw begon het op haar zenuwen te krijgen. Nog tijdens het Eurosongfestival zat hij voor zijn computer en kwam pas de woonkamer binnen, toen de puntenbedeling begon. Hij trof haar in de schommelstoel, Dolly op schoot.

'Hoe gaat het met België?'

'Mocht niet meedoen.'

'O.'

Hij nam een pinda uit het zakje.

'Dolly wel, zie ik.'

'Wie wetten uitvaardigt, moet in de buurt blijven.'

Dolly keek hem aan met pinkende ogen.

*'Hello Dublin, this is Zagreb calling. – Good evening, Zagreb, may I have your points, please? – Yes, here are the points of the Croatian jury.'*

Die Kroaten. Kruitdamp nog in de neus en nu al de Schone Kunsten evaluerend.

Op het tafeltje lag een brief van Sandra, vorige week aangekomen. We moeten toch eens antwoorden, had ze bij het ontbijt gezegd. Dat vond hij ook. Hij had al een paar openingszinnen uitgeprobeerd, 's avonds in bed. Maar ze liepen niet.

'Wat is er zo dringend dat je niet kunt meekijken?' vroeg ze.

Hij nam nog wat nootjes, gooide ze op, ving ze in zijn mond.

'Vaerenbergh,' zei hij. 'Hij houdt de openingsrede. Kan je 't je voorstellen? In het Engels.'

'... *Royaume-Uni: dix points...*'

'Kan hij dan zelf niet schrijven?'

'Nee.'

'Fraaie directeur.'

Hij raapte een pinda van het tapijt, zocht iets wat hij ter verdediging van Vaerenbergh kon zeggen, maar vond niets onder de twintig woorden.

Toen de helft van de landen had gestemd, keerde hij terug naar zijn bureau. Voor ze ging slapen, stak ze nog even haar hoofd om de deur.

'Kom je ook?'

'Ja. Bijna klaar.'

'Engeland heeft gewonnen.'

'O ja? Leuk liedje?'

'Gaat wel. Er is nog wat wijn over.'

'Oké.'

Ze mimede een zoen, hij mimede terug.

Naarmate Hemelvaart naderde, steeg ook bij hem de spanning. Zijn aandeel in het congres was miniem, maar met Vaerenbergh in de onmiddellijke omgeving maakte dat niet veel uit.

Ondanks de regen, die tot opluchting van boer en tuinder dan toch over Vlaanderen was begonnen te vallen, racete Vaerenbergh elke avond Brussel rond om de stress de baas te blijven. En aangezien er altijd nog wel iets te bespreken viel, fietste hij mee.

Mijn adjudant, zei Vaerenbergh. Het rook naar de dagen der Flandriens, Vlaanderens roemruchte renners. Rik van Looy, held uit zijn jeugd, keizer uit Herentals, die omringd door luitenants (hoe goed herinnerde hij zich Jef Planckaert, met nijdig gezicht vastgezogen in het wiel van al wie het waagde te 'demarreren') naar rondes en wereldkampioenschappen trok.

Hoewel: déze amechtige kapitein kon hij zo uit het wiel rijden, als hij dat had gewild.

Ze waren nu heel close geworden.

Op een avond leidde Vaerenbergh hem naar Waterloo, waar hij hem op een kruisje in de berm wees. De weg helde lichtjes af en ze gleden zonder trappen naar beneden, handen boven op het stuur. 'Freewheeling', vertaalde zijn geest professioneel, en tezelfdertijd moest hij zowel aan Bob Dylan denken als aan de Amerikaanse betekenis van dit woord: geld over de balk gooien (soms duizelde het hem, als hij de kostenraming van het congres hoorde), en ook was hij er zich van bewust hoe lekker hij zich op dat ogenblik voelde en was dit misschien het gevolg van de urenlange inspanning, waardoor zijn lichaam endorfines had aangemaakt? Op zijn tocht door wetenschappelijke tijdschriften was hij dit fenomeen tegengekomen: marathonlopers die zichzelf de euforie intippelden, verslaafd aan de kilometers, de roffel van hun voeten, de kick van de altijd wijkende horizon. En toen gleed dat kruisje langs, hoog op een arduinen sokkel, het gezoem van hun fietsen een seconde weerkaatsend.

'Weet jij wat angst is?' vroeg Vaerenbergh later in Taveerne Ruusbroec.

De schemering had het punt bereikt waarop zo'n vraag er een dimensie bij krijgt. Nochtans had Vaerenbergh geen talent voor special effects. Toch – misschien ook doordat ze de enige klanten waren in een gelagzaal die nog rook naar bejaarden met pannenkoek (de jonge kelner leek opgelucht dat hij een trappist mocht brengen) – schenen de balken een decimeter te zakken en de vlammen van de namaakhaard spitsten zich.

'Ik heb het niet over donderdag,' zei Vaerenbergh. 'Zo'n congres – ach. Laten we zeggen: ik schijt er ook van in mijn broek, maar mijn broek kan daartegen.'

Hij betwijfelde of hij Vaerenberghs beeld volgde, maar reageerde niet.

Vaerenbergh nam een slok ice-tea.

'Echte angst is anders,' zei hij. 'Die ligt ver weg – aan de overkant. *Jenseits.*'

Van Flandrien tot Nietzsche.

'Aan de overkant?'

'Ja, van de fles.'

Of Freud.

Toen het verhaal verteld was, vroeg hij zich af waarom Vaerenbergh nu precies hem had uitgekozen als confident. Of was hij niet de eerste die dit te horen kreeg?

Onderweg naar huis, alleen in zijn auto, fiets omgekeerd vastgemaakt op het dak, zodat het voorwiel—hij wist dit zonder te horen—roteerde in de wind, werd hem evenmin duidelijk hoe hij zich nu moest voelen. Gevleid door het geschonken vertrouwen? Gegeneerd?

'Hoe gaat het met Vaerenbergh?' vroeg zijn vrouw, terwijl hij nog een peertje schilde voor het slapengaan.

'Prima,' zei hij.


De treinen staakten, de spits was helser dan ooit.

'Stel je voor, Samuel: spinnen en torren, hagedissen wegglippend over de muur, kakkerlakken, een schorpioen die op je arm valt. Zweten en beven. En je denkt: nooit meer. Je besluit af te kicken, en je slaagt. En dan, jaren na de laatste borrel, wordt zo'n tv-programma opgestart.'

Een ambulance zocht wanhopig jankend een doorgang.

'*Spoorloos*, of zo. Weet je wel? Kijkers helpen misdaden oplossen. Vaerenbergh is een dag in België en ziet opeens zo'n moeder bij een kruisje staan. Ver weg, op de achtergrond, verrijst de Leeuw van de Waanzin. Hier was het, zegt de moeder. Doodgereden, op de terugweg van de tennisclub. Zestien jaar oud. Vluchtmisdrijf, avond, geen getuigen. Wel, op de plaats van het ongeval, een handvol glassplinters en een stuk koetswerk, volgens experts afkomstig van een Honda Civic, bouwjaar zoveel. Maar na drie jaar is die nog altijd niet gevonden.'

Samuel hield een half oog op de ambulance gericht, maar luisterde toch aandachtig.

'Vaerenbergh ziet die moeder. Hij hoort haar emotie, de verbittering, het gevecht met de tranen. Hij heeft nooit een Honda

138

Civic gehad. Wel, toen de fles regeerde, black-outs: zuiptochten waarvan hij zich later niets meer herinnerde – geen wie, geen wat, hoe of waar. Wakker worden in een hotel, in een auto midden in het bos, op straat, in de goorste buurten vaak, want dat is typisch voor zuipers à la Vaerenbergh. Bang voor ontmaskering zakken ze door in de periferie. Bij clochards en matrozen. Vaerenbergh heeft het allemaal meegemaakt, hij maakt het nog altijd mee in nachtmerries. Zo'n nachtmerrie ziet er telkens eender uit: een scène van brandende chaos en vernieling, waarin iemand (een vrouw, een kind) zijn naam roept. Hij antwoordt en in de rook verschijnen grimmige mannen met deukhoeden en regenjassen, en meteen bliksemt de waarheid in hem neer: *hij* is de oorzaak van dit inferno. Zijn maag klapt in elkaar, hij krijgt geen lucht meer, hij kokhalst, schiet wakker.'

De ambulance werkte zich los, stoof het kruispunt over.

'Vaerenbergh heeft nooit een Honda Civic gehad, Samuel, maar opeens is het idee daar: dat hij die jongen heeft doodgereden. Hij weet dat het niet kan en de eerste keer dat hij het denkt, schiet hij zelfs in de lach, maar gaandeweg hoort hij steeds vaker die stem, als een anoniem dreigtelefoontje, elk uur van dag en nacht. Steeds minder kan zijn geest het onderscheid maken tussen "Dit had mij kunnen overkomen", en "Ik ben het geweest". Hij slaapt niet meer. Zijn therapeut in Keulen argumenteert op hem in: komaan, de auto klopt niet, je woonde in Duitsland, dit zijn oude trauma's die je parten spelen. Ja, zegt Vaerenbergh, natuurlijk. Maar soms was ik in België, weet je. Ook in Brussel. En een van mijn vrienden had een Honda. – Civic? – Nee. – Nou?'

'Experts zijn niet onfeilbaar.'

'Precies. Hij vraagt die vriend voorzichtig uit: nee, met die auto is nooit iets geweest. Nog een mooie prijs voor gekregen. Het Krakeling-aanbod komt. Vaerenbergh verhuist naar Brussel. Hij vat het op als een teken. Teruggedreven naar de plaats van de misdaad. Het duurt een maand eer hij zichzelf tot in Waterloo krijgt. Met lamme benen fietst hij erheen (een auto

139

zou te snel gaan), zijn hart meedenderend op de schokken van de kasseitjes. Hoe hij de straat vindt, herinnert hij zich later niet meer. Een kwartier staat hij bij het kruis, half verborgen achter de sokkel, de foto bestuderend, de tekst spellend, schichtig om zich heen kijkend, spiedend naar dingen die hij misschien herkent, of die *hem* herkennen, en dat via een of ander signaal zullen laten blijken. Beschuldigende déjà vu's, de echo van een klap, het verzonken silhouet van huis of boom, langsflitsend in het licht van snelle koplampen. Maar niets beweegt, niets roept zijn naam. Thuis loopt hij als een slaapwandelaar door zijn vertrekken, opent een kast, een fles springt in zijn hand. Gelukkig komt Melina langs, voor hij het glas aan de lippen heeft gezet.

Nou, jongen, dát is angst.'

## 5

De regen hield op. Maar de dagen bleven bewolkt.

Hij begon zich zorgen te maken, toen hij het kruisje nog eens ging opzoeken. Tussen kniehoge weegbree en pinksterbloemen stond hij naast het monument. Geen foto, geen tekst. Behalve: VOOR ONZE LIEVE JO (5.4.1974–30.5.1990). Wel een bloemenkrans (anjers?), al lichtjes verwelkt, maar nog doenbaar–toonbaar. Hommels en bijen zoemden om zijn benen, een tijdeloos geluid waarop hem opeens wat homonymie werd aangereikt: 'kruis' eveneens zijnde de regio van de stuit, 'toonbaar'... tja, een alternatief voor katafalk? Voor het overige ruisten de populieren en lag ergens ver weg, als een hoorbare horizon, het zachte geraas van de rijksweg.

En dan was er opeens woede: jij onzeggelijke klootzak, dacht hij, jij goddoorzopen lummel, jij knapenkiller, met een Honda nog wel, *of all cars*, en er dan ook nog vandoor gaan. Was toch in Duitsland gebleven.

Hij probeerde zich Jo voor te stellen: zestien, ietsje jonger dan Samuel. Ze leken op elkaar: blauwe ogen, halflang haar, lichtjes krullend in de nek.

's Avonds belde Vaerenbergh hem op: fietste hij mee? Even maar: een halfuurtje of zo, hij had nog een boel te doen.

Nee, zei hij, ik heb bezoek.

Hij begon zich pas goed zorgen te maken, toen hij op een nacht droomde dat hij een pornoster was en zich *in* zijn droom eerst afvroeg of dit woord, zo gespeld, geen schriftbeeldassociaties zou oproepen met bijvoorbeeld 'paternoster', zodat het, gegeven voldoende domheid, ook zo gelezen kon worden, met de klemtoon op 'nos' (hij zag zichzelf werkelijk, tijdens een vergadering, het probleem gesteld door iemand van zijn dienst – was het Kousemaecker?), en vervolgens, via een onduidelijke tussenscène waarin hij zonder broek in de volle Krakeling-lift stond, was hij weer de ster die door de regisseur verplicht werd tot een vreselijke, Vesuviaanse zaadlozing die zijn tegenspeelster extatisch over haar borsten zou uitsmeren, en dus had hij, naar het voorbeeld van frauderende wielrenners, een rubberen peertje onder zijn oksel bevestigd, uiteraard niet gevuld met dopingvrije urine, maar met een mengsel van lichtgeklopt eiwit en water, dat via een darmsysteempje...

Hij werd wakker, net toen hij eindeloos klaar zou komen, hoorde zijn borst bonken, en toen het haangekraai bij de buren, en vroeg zich af of hij nu dankbaar moest zijn voor wat het ook was dat de droom had gestopt (dit zou zijn hart geen minuut hebben volgehouden), of dat hij nu eeuwige spijt moest voelen, want waarvoor is een man anders geschapen dan voor de Ultieme, Hallucinante, Buiten-elke-oever-tredende Ejaculatie?

Die had hij nog steeds te goed, vond hij. Na dertig jaar. Al duizenden keren had hij zijn kwakje gestort en nog steeds was hij ervan overtuigd dat het echte, het affe, de paukenslag er niet bij was.

Het slotakkoord van 'A day in the life'.

De mythe als zou de in zijn strop vallende ter dood veroordeelde, onder het kraken van zijn nekwervels, het volmaakte orgasme beleven. Ooit had zijn krant bericht over twee met deze kick experimenterende geliefden: de vrouw had zo enthousiast aan het sjaaltje getrokken dat ze opeens op een lijk zat. 'Zijn ogen tolden, ik dacht: hij is aan het komen, maar hij was aan het gaan.'

Het is te laat de breidel gevierd, als het paard gestorven is. Over het beoogde succes van de rit meldde het artikel niets. Hij vroeg het zich nochtans af: had de man zijn hemelbestijgende climax gekregen, of had Hein, samen met zijn strot, ook het liefdeskanaal afgebonden?

6

Hemelvaart bracht een schitterende dag – zo mooi, dat elke god beslist met tegenzin was opgestegen. Een glanzende wereld onder een ogenblauwe lucht, rode en witte huisjes in het residentiële groen van zijn wijk, nauwelijks wind, zilver op de lispelende bladeren van de appelaars, gelach van kinderen bij de buren, waar iemand – dat zag hij tussen de neurotisch opgeschoren coniferen door – een plastieken zwembadje stond op te blazen.

Hij had lekker geslapen, ondanks zijn zenuwen. Misschien omdat zijn vrouw de avond voordien, op zoek naar een oud fotoalbum (Sandra's nieuwe brief sprak erover), zijn verhandeling over Suster Bertken had teruggevonden. Met een juichkreet had hij het stof weggeblazen. En zijn vrouw had erin gebladerd en een paragraafje gelezen, hardop, zorgvuldig de structuur van de complexe zinnen volgend die zich deftig en academisch, omhangen met ismen en ogieën voortbewogen.

DE KOSMOS ACHTER TRALIES.

Hemelvaart was een prachtige dag en nog voor het ontbijt kreeg hij een paniekerige Vaerenbergh aan de lijn, die zijn speech een laatste keer had doorgenomen en nu opeens heel zeker wist dat het nieuwe slot niet klopte en hem beval – 'Hoor je!'–terug te keren naar de eerste versie en onmiddellijk–'Hoor je!'–de print te brengen.

Hij was achter zijn computer geschoven en had de klus in drie minuten geklaard.

Hij kleedde zich om en kuste neuriënd zijn vrouw.

Terwijl hij de straat op draaide, panatella in de mond, wuifde ze en stak een duim omhoog. Succes!

Zijraampje open, gleed hij over de snelweg.

Brussel was Brussel niet op deze vakantiedag. Leve het christelijk geloof, beste remedie tegen verkeersproblemen. Geen stapelfiles bij kruispunten, alle tunnels open, geen stilstand in die tunnels, geen gevecht voor centimeters, millimeters, overal glimlachende chauffeurs.

Eruit bij het Madouplein.

Opletten nu, hij was het niet gewend in het centrum te rijden.

Koningsstraat moest hij hebben, Rue Royale–Astoria Hotel.

Via de Congresstraat? Hij herinnerde zich een rit met Vaerenbergh die langs de Kruidtuin had geleid. Toch even zijn stratenplan raadplegen.

Hij zocht een parkeerplaats, stopte, greep naar de achterbank, waar zijn jasje lag, schreeuwde toen zijn vingers in de vacht van Dolly tastten.

De kat schrok wakker, hapte meteen naar zijn hand.

Hij schreeuwde nogmaals, trok schielijk terug, keek met gesperde ogen over zijn schouder.

Het beeld veranderde niet door harder te staren. Het bleef Dolly, die zich daar opeens had gematerialiseerd, zich nu uitrekte en gapend al het roze in haar mond toonde. Ze likte omstandig haar snor, krulde weer in elkaar, deed haar ogen dicht.

Hij keek weer voor zich.

Hoe kon dit? Wie had dit geënsceneerd?

Dan begreep hij. Hij had zijn auto opengelaten, terwijl hij de garagedeur sloot. Dolly, grotbewoner, had haar kans gezien.

Hij vloekte, sloeg op zijn stuur.

Wat te doen?

De kat terugbrengen was uitgesloten. Zou hem minstens drie kwartier kosten.

In zijn auto laten? Een hele dag, zonder voer, zonder bak, in de blakende zon? Visioenen verrezen van een in razernij verkerend dier, haren te berge, staart gezwollen, bekleding stukkrabbend, krijsend en blazend in zijn eigen vuil, terwijl verontwaardigde omstaanders naar binnen gluurden en wegrenden om de politie te bellen.

De mensen van Astoria vragen op Dolly te passen? Hij zag zichzelf het vijfsterrenhotel binnenstappen met een protesterende kat in de armen, zijn verzoek formuleren aan de balie, onder het oog van het voltallige Krakeling-management.

Nee, er was maar één conclusie mogelijk.

Hij rilde, toen ze zich aandiende. Zoals elke onvermijdelijkheid noodde ze zowel tot lachen als tot huilen. Maar liet geen alternatief, hoe aandachtig hij er ook omheen sloop.

Hij haalde diep adem.

Dit heb je altijd gewild, sprak iemand in hem. De eerste minuut al. Kat weg. Toen kon het niet, nu moet het. Hier, in het hart van de hoofdstad, in deze buurt vol geschiedenis. Dolly bij de Congreszuil, het Paleis der Natie, de Schaarbeekse Poort, waar de Hollander in 1830 een doorbraak forceerde, voor hij op het Koningsplein de bomen werd ingejaagd. Daardoor wonen wij nu in België, kat. 'O dierbaar land, in eendracht niet te breken.' Ontstaan uit een slechte opera, en daar voortdurend aan herinnerend.

Hij spiedde de omgeving af, legde zijn hand op de deurknop.

Zijn vrouw verrees voor zijn geest, schrijvend aan een brief naar Sandra.

Zijn hand liet los, nam het stratenplan. Als het dan toch moest, dan onder de beste voorwaarden. In de beste der mogelijke werelden. Zijn vinger dwaalde rond. De Kunstlaan, Rue du Nord, Barricadenplein. Hij viel stil bij de Kruidtuin. Ja, dat leek hem wel iets. Een mooie groene vlek, een geurende naam. Planten, vogeltjes, straatkatten om toe te blazen in maanverlichte nachten. Picknickende bezoekers die voldoende zouden achterlaten om de jacht op ongedierte onnodig te maken. Dat de site doorkruist werd door de 'Boulevard St.-Lazare' was niet noodzakelijk een slecht teken. Nee, de Heer, die vandaag ten hemel steeg, kon deze Lazarus zelfs heel goed pruimen.

Maar veel tijd was er niet meer.

Hij keek op zijn horloge, reed haastig weg.


## 7

Hij parkeerde in een rustig straatje.

Hij snoof, als kon hij de Kruidtuin ruiken. Hij zette de motor af, zakte licht onderuit, wachtend op een gunstig moment.

Aan de overkant, boven een winkeldeur, wees een horloge hem met meedogenloos schokkende secondenwijzer op de hoogdringendheid van zijn opdracht. Hotel Astoria wachtte. Zestig van die schokjes slechts om een minuut te vullen en van die minuten waren er al vier voorbij sedert hij hier had stilgehouden.

Nog één wandelaar mocht passeren, toen tilde hij Dolly van de achterbank.

Ze liet gewillig begaan, nestelde zich in het dal van zijn dijen. Terwijl hij haar sussend toesprak en aaide, begon ze te spinnen. Ze zakte nog verder door, warm op zijn schoot drukkend, het geronk vibrerend tot in zijn kruis, alsof hij zichzelf aan het strelen was. Boven de winkel spon ook de wijzer verder, een nieuwe minuut viel net op het groeiende stapeltje.

Zijn linkerhand sloot zich om de deurknop.

Badámmmm...bam.

Hij draaide de knop om.

Badámmmmmmmm...bam.

Hij schrok van de lengte van de pauze. Toch even zijn polsslag checken.

Nou, ging nog. Aan de overkant pulseerde de wijzer mee met het bloed onder zijn vingertoppen. Een eindje toch: acht slagen ongeveer bleef de klok in het ritme, toen raakte ze achterop. Het duurde vijftien seconden voor mens en machine weer synchroon liepen. Tegen dat moment was een hoekje in zijn achterhoofd begonnen aan wat zich gemiddeld driemaal per dag herhaalde: de raming van de tijd die hij nog te leven had. Hij kende de argumenten, had ze duizend keer gehoord, maar luisterde toch weer als ging het om een nieuw exposé. Weinig stress op de vertaaldienst, geen cardiale problematiek in de familie, hij fietste, at geen boter, rookte niet. Alleen die PATs. Nog dertig jaar, schatte hij. Tot het jaar 27 van de nieuwe eeuw.

'VERKOOPSTRATEGIEËN 2000'—zo stond het nu op bordjes en pijltjes en pancartes in Astoria.

Er waren al horloges op de markt, had hij gehoord, die het aantal seconden naar 31 december 1999 aftelden.

Drie voor tien wees de winkelklok.

Hij greep Dolly vast, duwde de deur op een kier.

Uit de winkel verscheen een oude man met een poedel, die samen een eeuw nodig hadden om stapvaardig te worden: petje op, leiband controleren, nog een laatste vermaning. Toen zette het stel zich in beweging, schuifelend en trippelend, als vertrouwden zij het plaveisel niet.

Zenuwen smaakten naar citroen met amandelen, proefde hij.

De achterhoofdhoek meldde dat het in Arizona nu één uur in de ochtend was.

Sandra—haar twintigste eeuw zou negen uur langer duren dan de zijne.

Gesteld dat ons bolleboosje in Amerika bleef. Waarom zou ze niet blijven? Hij zou er blijven. En dan was hij niet eens zo knap als zij.

Als ze bleef, zou hij haar zo goed als niet meer zien. Brieven zou hij krijgen, foto's, zij en haar gezinnetje, af en toe een telefoontje, ze zouden kunnen chatten op Internet. Niet goedkoop.

Badámmm...bam.

Iets verwaaide flappend op de achterbank. Ook zonder omkijken wist hij wat het was: Vaerenberghs speech. Blowing in the wind.

Man en hond verdwenen achter een bestelwagen. Tot ze die Martini-reclame bereikt hadden – zo lang zou hij wachten.

Hij greep Dolly steviger vast, strekte zijn hoofd boven het stuur om beter te kijken. Sandra in het fotoalbum: op een pony, op een slee, op haar communiefeest, aan het Texelse strand, een kleurige bal balancerend op haar neus. Gele bikini, ogen als die van een zeehondenjong.

Want Sandra is mooi, jongen. Sandra is zo mooi. Zo mooi als je ze met de hand niet kunt maken. Al op haar veertiende centrum van mannelijke aandacht. Buren, leraars, ooms. Vaders. Centrum van deze vader, zijn aandacht, zijn jagende, ontketende bloed. Waar Sandra kwam, werd de omgeving eeuwen teruggeworpen – naar de tijd van het kolenwoud, saurisch geloei op de vlakte, zonde.

Sandra is zo mooi.

Badámmmmmmm...bam.

Man en hond onder Martini-affiche.

Maar hij leunde achterover. Een nekwervel kraakte, een straaltje pijn liep tussen zijn schouderbladen naar zijn rug, waar het opdroogde.

Een traan – onzeker pauzerend in zijn ooghoek.

Dolly's huid schokte even, als verjoeg ze een vlieg.

'Lazarus 2000,' zei hij, met een stem die hij niet herkende.

Zijn hand liet de kat los, sloot de deur. Hij voelde Dolly's nagels in zijn dij prikken, terwijl ze zich oprichtte. Haar achterwerk verhief zich, steil als een fregatspiegel, de staart klom strelend langs zijn neus.

Hij zette haar naast zich neer, draaide het raampje dicht,

drukte het knopje van het slot in. De andere deuren waren al vergrendeld.

Ground control to Major Vaerenbergh.

Commencing countdown.

Hartelijk welkom, dames en heren, en dank voor uw komst. Wij hopen op een boeiende en nuttige dag, en zijn zeker dat, met de nieuwe tijden om de hoek, dit congres zijn vruchten zal afwerpen.

Zeker—dat de wijzer het volgende streepje zou halen, dát was zeker.

Hij keek gespannen toe. Ja, daar.

Een splinternieuw, hagelblank millennium. Drie verse nullen, maagdelijke ovalen. Virginia in Vlaanderen.

De traan kwam naar beneden gerold.

Ik denk dat ik maar eens uitgebreid aan de fles ga, dacht hij.

# 11 Beetje bijschaven

'Er zijn geen seizoenen meer,' zegt buur.
'Neen,' zegt grootvader.

In zijn bed denkt grootvader hierover na. Het klopt: eind mei is het al en hij moet nog altijd stoken, en zijn jas aantrekken wanneer hij 's middags gaat wandelen. Terwijl in november de zon zodanig scheen dat planten in de war raakten en aan een tweede bloei begonnen. Dat herinnert hij zich nog heel duidelijk, het stond in de krant. Fruitbomen in Limburg, gelooft hij.

Hij woont alleen, in een rustige straat, in een klein dorp.
Al zijn kinderen zijn het huis uit, verspreid over het land. Een dochter woont in Parijs, ze is actrice. Zijn oudste zoon is piloot. Die vliegt driemaal per week de wereld rond.
Een vrouw heeft hij niet meer. Twee jaar geleden was er een korte hik, net voor hij insliep, alsof ze schrok van iets in haar droom.
Zo had ze het altijd gewild: in één keer weg. Ze was doodsbang voor lijden, maandenlang.

Juli wordt erg heet en grootvader blijft 's middags binnen. Achter gesloten luiken zit hij op zijn keukenstoel, in zijn flanelletje, en drinkt koele karnemelk. Door de open deur van de woonkamer komt de stem van Mark Vanlombeek. De Tour de France trekt vandaag over de Pyreneeën. Grootvader zit niet voor zijn televisie, omdat het te warm is in de woonkamer. Hij heeft er vanochtend de gordijnen vergeten te sluiten. Daar moet hij beter op letten, het zal morgen weer dertig graden zijn.

'Dat gat rijdt hij nooit meer dicht,' zegt Mark Vanlombeek.

In augustus daalt de temperatuur en overschrijden de ozon-
waarden nergens meer de gevarengrens.

Hij begrijpt niet hoe iets zowel door zijn aan- als afwezigheid
een probleem kan zijn.

'Hoe zie je zo'n ozongat boven de zuidpool?' vraagt hij aan
zijn pilootzoon.

'Dat weet ik niet, pa.'

'Heb je al over de zuidpool gevlogen?'

'Neen.'

Ozon – dat lijkt een beetje op o zoon.

Het is midden augustus en stil in huis. Tijdens het verslag van
de slotrit heeft grootvader zijn televisie tot in het deurgat van
de keuken getrokken, maar het snoer was te kort en het toestel
werd van het tafeltje gerukt. Het sloeg tegen de vloer, met een
klap alsof de Champs-Élysées werkelijk voor zijn voeten te pletter vielen.

Hij heeft de scherven geruimd en het wrak op straat gezet,
toen het grof huisvuil werd opgehaald. Lang voor de vrachtwagen verscheen, was het al meegepikt door een slechtgeschoren
man in een T-shirt.

Een nieuwe televisie wil grootvader niet. Hij keek toch al
nauwelijks meer. Alleen nog wat sport en het weerbericht.
Even dringen zijn kinderen aan. Waarmee zal hij anders zijn
tijd vullen, ganse dagen alleen in huis?

Nee, zegt hij. Ik heb er trouwens nooit een gewild. Het was
moeder die altijd keek. En er zijn duizend dingen te doen.

'Wat doe je?' vraagt buur.

Het is augustus en grootvader zet moeizaam zijn ladder tegen de grote den in de voortuin. Om zijn schouders hangt een
lampensnoer. Hij klimt tot helemaal bovenin, hijgend, worstelend met twijgen, naalden spuwend, zijn pet valt af. De ladder

is tot de verste sport uitgeschoven, maar hij komt er. Klimmers moeten kunnen doorbijten. Afzien, zeggen de ex-renners die Vanlombeek soms bijstaan in zijn commentaar. Dat zei zijn vrouw ook: ik wil niet afzien.

Tegen de middag is alles klaar. Het snoer slingert zich fraai door de kruin, aan zijn voordeur hangt de krans van synthetische maretak, zijn brievenbus is versierd met zilveren franjes. Binnen staat de kerstboom bij de haard, opgetuigd met alle ballen die grootvader kon vinden, aan de muren hangt hier en daar een plastieken hulsttakje. Tegen de avond zal hij de grote kaarspotten aan weerszijden van zijn voordeur zetten en de wieken doen branden. En de lampjes in de den ontsteken, zo rond half tien vermoedelijk. Het blijft lang licht in augustus.

Buur komt hem opzoeken.

'Ja,' zegt buur, 'Kerstmis, 't is me wat.'

'Ja,' zegt grootvader.

'Steeds grootser, steeds commerciëler.'

'Ja.'

'En het schuift ook altijd maar op.'

'Ja.'

Ze hebben het over sinterklaas, die tegenwoordig al in oktober opduikt in reclamespotjes en met Allerheiligen wordt waargenomen in sommige winkels van de stad. En wie kan het de goede sint kwalijk nemen? De kerstman staat dan immers al te dringen en voor de maand om is, hangt het land vol lampjes en sterren en engelenhaar.

'Ja,' zegt buur, 'straks valt Pasen op carnaval.'

'Ja.'

'Maar overdrijf je niet een beetje?'

'Waarmee?'

'Met alles wat je nu om je perceel hebt gehangen?'

'Er is zo'n liedje,' zegt grootvader. 'Ik wou dat het elke dag Kerstmis was.'

Hij neuriet een paar tonen.

'Ken ik niet,' zegt buur.

'Mooi liedje,' zegt grootvader.

Hij vult hun borrels bij. Buur drinkt, zet het kelkje terug op tafel.

'Tja,' zegt hij, 'en op sneeuw hoef je ook niet meer te wachten.'

'Nee, dat is al van 1964 geleden.'

'Er zijn geen seizoenen meer.'

Wanneer buur naar huis is, drinkt grootvader nog een borreltje. Dan bergt hij de dozen weg waarin de kerstspullen zaten. De grote van de kunstkerstboom duwt hij boven op de kleerkast. Daar heeft ze al ieder jaar op de Driekoningen gewacht, om dan met haar zware vracht weer op zolder te worden gezet.

MADE IN HONG KONG, leest hij. Dat bestaat nu niet meer. Hij heeft de feestelijke overdracht rechtstreeks gevolgd op televisie, einde juni. De zakkende Britse vlag, de uitgeregende gouverneur, zijn huilende dochters. En China, dat meteen een bus soldaten de grens over voerde.

Vooral het vuurwerk was indrukwekkend. Grootvader houdt van feestelijkheden: juichende massa's, weidse kleren, praalwagens en fanfares.

China is een van de oudste beschavingen, weet hij nog van school. Hebben van alles uitgevonden. Vuurwerk, maar ook spaghetti. Hoewel hij daar niet helemaal zeker van is. School is jaren geleden en hij heeft er ook niet zo lang vertoefd. Om schrijnwerker te worden was dat niet nodig. Spaghetti was hier toen ook nog niet zo bekend. Nu wel: de jongste van zijn tweede dochter zou er zich ziek aan eten.

Grootvader ruimt af en denkt aan zijn zoon, die wel eens naar Hong Kong vliegt. Of hoe het daar nu ook moge heten. Een lange naam, die niet meer in zijn hoofd past. Voor hem zal het Hong Kong blijven. Lijkt een beetje op King Kong.

De volgende dag wordt hij aangesproken door glimlachende mensen die naar zijn boom wijzen. Dat hij er vroeg bij is. Of hij opruiming houdt? Grote schoonmaak?

'Nee,' zegt grootvader.

Hij stapt verder, zijn hek door, zijn auto in.

De mensen kijken hem na, en dan naar elkaar, met gezichten die de spot doorgeven van de ene naar de andere.

Grootvader heeft nooit problemen gehad, met niemand. Altijd vriendelijk, altijd goeiemorgen en goeienavond en hoe gaat het ermee? Maar ook niet meer dan dat. Hij heeft nooit intieme omgang gezocht. 'Geen vreemden in huis kweken,' zei zijn vrouw. 'Geeft niets dan ellende.'

Hij woont hier ook nog niet zo lang. Toen hij met pensioen ging, hebben ze dit huisje gekocht. Zijn jongste zoon nam de zaak over.

Af en toe klust hij nog wel eens. Zo bellen de twee zusters bij de spoorweg hem geregeld op. Of hij een hor kan maken. Of grendels op hun deuren zetten, want de laatste tijd wordt er in het dorp ingebroken dat het een schande is. Roemenen, schijnt het, en Joegoslaven, die vanuit Noord-Frankrijk de streek komen afschuimen. Ex-Joegoslaven. 'We zullen nog wat meemaken,' zegt buur, 'nu Rusland niet meer bestaat. Die communisten hadden de zaak toch nog een beetje in bedwang.'

Buur is de enige die over de vloer komt. En bij wie ook hij af en toe eens langsloopt, meestal wanneer zijn schoonmaakster het huis onder water zet.

Het is augustus en uit de vier windstreken vallen ansichtkaartjes van kinderen en kleinkinderen in zijn bus. Kleurige wereldsnippers, die bij hem op een hoopje waaien. Hij leest ze en legt ze in een lade, bedenkt zich dan en niet ze vast aan het lange rode lint dat in de doos van de maretak zat. Dat deed zijn vrouw ook altijd met kerst- en nieuwjaarswensen. Het lint moest aan een balk in de zoldering hangen. Het reikt ook nu tot op de vloer. Maar of hij het vol krijgt, betwijfelt hij. Met

153

Kerstmis schrijven veel meer mensen. Vroegere klanten, bijvoorbeeld. En de burgemeester. En Nood Zoekt Troost.

Zijn dochter die in Parijs woont, stuurt zonnige groeten uit Avignon, waar ze deelneemt aan het festival.

Grootvader heeft zelf ook nog toneel gespeeld, bij het volkstheater van het dorp. Kleine rolletjes: de stotterende postbode, de stamgast die 'En doe ze nog eens vol, Marie' zegt. Ooit waagden ze zich aan een ernstig stuk, en ook dat werd een succes, omdat grootvader, die Lucifer aan een door de hemel gezonden speer moest rijgen, tot driemaal toe naast dit wapen greep, toen het via een touwtje uit de coulissen op hem af kwam geslingerd.

Enige tijd heeft hij toen de schrijnwerper geheten.

Nu hangen de tekenen van Christus' komst al een week aan grootvaders eigendom, 's avonds branden zonder mankeren kaars en lamp, en het gebeurt steeds vaker dat in de straat mensen verschijnen die daar niets te zoeken hebben. Auto's en fietsers trekken voorbij, wandelaars vertragen en stoten elkaar aan, met het hoofd naar de den wijzend, de krans en de flakkerende vlammen.

'Veel verkeer,' zegt buur.

'Ja,' zegt grootvader.

In zijn speakers kraakt zachtjes 'Noël, Noël', want een cd-speler heeft hij nog altijd niet. Hij vreest dat zijn platencollectie niet door identieke cd-opnames kan worden vervangen en aan nieuwe muziek heeft hij geen boodschap meer. Soms, als de naald in de groef daalt, klinkt het alsof er spek in de pan wordt gelegd.

Wanneer hij de volgende ochtend zijn haag scheert, hoort hij kinderen roepen in de straat. Hij kijkt op en ze hollen schaterend weg. Hij heeft hun kreet niet begrepen, ook niet gehoord of hij wel voor hem was bestemd.

Zijn pilootzoon is de enige die niet met vakantie is. Want daarboven is het aanpakken tijdens de zomer.

's Middags, tussen twee vluchten in, staat hij voor zijn deur.

'Dag pa.'

'Dag jongen.'

Hij stapt naar binnen, houdt zijn uniformjas aan, terwijl hij gaat zitten. Nee, geen borreltje, hij heeft echt geen tijd.

'Zeker?'

'Zeker.'

'*Rudolph the red-nosed reindeer...*'

'Waarom doe je dit, pa?'

Het goud en zilver op zijn kleren, de kepie, de gladgeschoren kin en het dunne snorretje. Hij lijkt zo uit een Hollywood-film weggelopen, waar hij een knappe stewardess heeft achtergelaten, of kapers koelbloedig naast zich geduld in de cockpit.

Ze vliegen weer op Kinshasa. Congo — zo heet dat nu. Het is nog nauwelijks bij te houden. Vliegen 'op' is overigens een rare uitdrukking. Vlieg je op de zuidpool? Maar vooral wil zijn zoon weten waarom grootvader dit doet. Hij wijst naar de boom, met een vinger die vervolgens aan het cirkelen gaat tussen de speakers, en het lint, en de kaarsen en de balletjes.

'Ja,' zegt grootvader. ''t Is me wat.'

Stilte.

'Ik krijg telefoontjes, pa. Dit is niet normaal.'

Grootvader drinkt. 'Wie weet nog waarover het in feite gaat?' vraagt hij.

'Wat?'

'Kerstmis.'

'Pa... Je moet... Ben je nog naar de dokter geweest de laatste tijd?'

'Het heeft met beschaving te maken.'

'Hoe is je bloeddruk?'

'We moeten allemaal het onze doen. Als iedereen het zijne doet, dan zou het er al vlug anders uitzien.'

Zijn zoon zucht, knijpt zijn lippen samen. Alsof een onderhuids diertje daar naar buiten wil, begint er iets te bewegen tussen zijn jukbeen en oorlel.

'Mijn bloeddruk is prima,' zegt grootvader. 'Geen dokter no-dig.'

Hij schenkt zich nog een borrel in.

'*Shall I play for Youplay for Youplay for Youplay...*'

Grootvader gaat naar de stereokast en geeft een tik tegen de naald. Er klinkt een geluid als laat iemand een wind.

'*-pom... On my drum.*'

'Je moeder hield veel van Kerstmis,' zegt grootvader.

Hij is bij het venster blijven staan en trekt een gordijn in de plooi.

Zijn zoon knikt. En dan moet hij stilletjesaan opstappen. Ze nemen afscheid aan de voordeur. Onder de knop hangt de krans te wiegen. 'Wel,' zegt de zoon, 'tot ziens.'

'Tot ziens.'

'Het zal volgende maand worden.'

Grootvader knikt: 'Oké.'

'Hou je goed, pa.'

'Jij ook. En de groeten thuis.'


'Roger', dat had hij ook kunnen zeggen, in plaats van 'oké'. Zo spreken piloten met elkaar. 'Roger and out.'

's Avonds wordt er weer gebeld en staat de dokter voor hem. Die is gestuurd, door zijn zoon. Mag hij binnenkomen?

Natuurlijk.

Ze hebben een lang gesprek, in het midden waarvan de bel nog eens gaat en zijn schoondochter belet vraagt. Nee, hij vindt het niet erg als ook zij erbij komt zitten. Wil ze iets drinken? Ja, een glas wijn. Hij schaamt zich dat hij geen wijn in huis heeft. Hij weet dat ze veel van chablis houdt. Maar een likeurtje is ook goed.

Ze praten verder en halen herinneringen op. Begint grootvader het niet moeilijk te krijgen, zo alleen? Welnee, hij houdt van afzondering. Weten ze nog die keer dat hij door het rode licht reed en een nachtje gevangenis verkoos boven een geldboete?

Ze weten dat niet meer en grootvader vertelt de hele historie. En wanneer het begint te schemeren, doet hij de lichtjes van de den branden.

Ten slotte vertrekken ze, arts en dochter. Het afscheid verloopt in goede luim. Zie je wel, zegt hij tegen de dokter, nooit een dokter nodig gehad. En hij toont beide handen. De dokter begrijpt het niet. Grootvader moet uitleggen dat volgens de grapjes een schrijnwerker altijd verminkte handen heeft. De dokter lacht. Juist, zegt hij, en heft een vuist op waaruit pink en wijsvinger stijf omhoogsteken: 'Vier pintjes voor de mannen van de zagerij!' Nu lachen ze alle drie.

Grootvader opent de deur.

'Dag.'

'Dag.'

Een windstille avond, met pinkende lichtjes aan de hemel. Warme lucht, die buiten ook een beetje binnen maakt en waarin vleermuizen wentelen. En in de den een merel die fluit. Dat de Heiland geboren is.


'Ja,' zegt buur, 'van familie moet je het hebben.'

Hij staat halfverscholen tussen de ranken en werpt af en toe een handvol bonen in de emmer. Aan de overkant van de schutting hoort grootvader de werkster in de weer op zijn terras. Een borstel valt om, de radio speelt, de trapladder stuitert naar het volgende raam.

'Zeg dat wel,' zegt grootvader.

Hij stapt tussen de stokken en plukt ook een beetje.

'De middenmaat,' zegt buur. 'De grote laat ik hangen voor de droog.'

'Roger.'

Ze werken zwijgend door, grootvader nog even het hoofd schuddend bij de herinnering aan de vorige avond. Hoe zijn dokter en dochter gedempt hadden overlegd, terwijl hij in de keuken een tweede cointreautje haalde. '...Geen echt aberrant gedrag... Normale conversatie... Logica... Geen bedreiging...

Tja. Tot nader order is er geen wet die... Ook niet in...'

Af en toe valt er een druppel op zijn handen. Maar de meeste bladeren zijn droog.

'Stokbonen zijn nog altijd de beste,' zegt buur. 'Veel werk, veel draadjes, maar de beste.'

'Ja,' zegt grootvader.

En dan heeft buur het over het weer, en zijn kat, en dat er weer een BRTN-vedette is overgelopen naar de commerciële zenders. VT4, of VTM, of hoe heten ze allemaal.

'Wie ziet nog het verschil? Vóór tien uur spelletjes, na tien uur blote madammen.'

Grootvader knikt.

Wanneer hij naar huis gaat, krijgt hij een mandje bonen mee. Die zullen smaken.

De hele middag klinkt er gehamer en gezaag in de werkplaats, achter in grootvaders tuin.

Wanneer de schemering valt, staat er naast de den een heuse stal, waarin een rood lampje brandt boven een kribbe met stro. Op de nok schiet een staartster zwierig omhoog, maar die moet nog geverfd worden.

Grootvader bekijkt zijn werk. Hij vraagt zich af of hij de heilige familie en hun gevolg in de stal zal onderbrengen. Maar waar moet hij die halen in dit formaat? En in dit seizoen? Bovendien heeft zo'n leegte wel iets, vindt hij. Er gaat puurheid van uit, bescheidenheid, iets wat een reusachtige belofte inhoudt.

Als het helemaal donker is en grootvader nog een laatste keer naar buiten komt, dringt dit gevoel zich bijna tastbaar op. Met de handen op zijn rug staat hij voor de ingang en kijkt naar binnen, waar alles van fluweel lijkt, rood fluweel, onder de zachte gloed van de lamp. Verwachting ziet hij, een ruimte vol hoop.

Dan haast hij zich het huis in, want hij heeft de voordeur open laten staan en het gonst van de muggen.

's Nachts droomt hij van – of nee, eigenlijk is het geen droom, het is iets wat hij half beleeft, half denkt in die onrustige fase tussen waken en slapen, wanneer de geest zich langzaam terugtrekt, maar, net als de zee bij ebbe, nog af en toe even het strand op komt, in onregelmatige golfjes, om te checken of alles er nog is – het zand, de schelpen, de aangespoelde rommel. Afscheid is een stuiptrekking. En zo denktdroomt grootvader over zijn huis, zijn tuin, het leven dat hij leidt en leidde, en drijft dan zachtjes een filmset op waar hij acteur is, want vroeger ging hij graag naar de film. Geregisseerd door buur, moet hij een jonge vrouw uitleggen hoe je stokbonen inmaakt, tegen een achtergrond van prachtige tuinen bij een Frans renaissancekasteel. Camera's draaien, spots schijnen fel en heet, en de jonge vrouw is opeens zijn dochter uit Parijs.

Tegen middernacht moet grootvader opstaan. Op het toilet vraagt hij zich af hoe het zou zijn om als vader-acteur met een dochter-actrice in dezelfde film te spelen. Er zijn beroemde voorbeelden van vaders-acteur met een dochter-actrice. Henry en Jane, Charlie en Geraldine. Ook tegenwoordig zal je ze wel hebben, maar dat volgt hij niet meer zo. En dan schrikt grootvader, want stel dat het een liefdesverhaal is, over een oudere man en een jongere vrouw, en dat de regisseur een bedscène wil. In alle moderne films zit seks.

Terug tussen de lakens denkt grootvader hierover na. Het zou me niet verwonderen wanneer ze het doen, denkt hij. Tegenwoordig zou men daar geen probleem van maken.

Hij en zijn dochter.

Het is een halve eeuw geleden dat hij haar naakt zag.

De volgende dag is het nog altijd augustus en de dag daarna ook en de mensen uit de straat beginnen te mopperen. Dat het nu ver genoeg is gegaan en lang genoeg heeft geduurd. Wat zal hij straks nog allemaal verzinnen? Een os in zijn voortuin? Dan beter een ezel. Dat hij die spullen nu maar eens moet weghalen. Het hele dorp spreekt erover en ook daarbuiten wordt al gerod-

deld. En dat vindt niemand leuk. Mensen willen respect, rust—
ook in hun straat. Heeft hij al gezien hoeveel drukker het hier is
geworden? Wil hij misschien ongelukken, met al die auto's? Dit
is een kinderrijke wijk.

'Ze overdrijven,' zegt buur.
　'Ja,' zegt grootvader.
　'Kerstmis is Kerstmis, al is dat elke dag.'
　'Ja.'
　'Aan de andere kant hebben ze ook wel een beetje gelijk.'
　'Is het misschien mijn grond niet, mijn huis?'
　'Ja zeker, heb ik je nog verkocht.'

Grootvader vindt niet veel foto's van zijn dochter in Parijs. Van
de andere kinderen zijn er albums vol. Hij stuit ook op enkele
stapeltjes die nog moeten worden ingekleefd. Meestal commu-
niefeesten en verjaardagsfuifjes van de kleinkinderen. Hij bekijkt zichzelf, met het papieren hoedje op zijn kop en de taart-
punt in zijn hand, en voelt onmiddellijk weer de stekende verveling.
　Maar van haar vindt hij nauwelijks iets. Hij weet nochtans
zeker dat er meer moet zijn, veel meer.
　Rommelend in de kast van de berging, heeft hij opeens een
oud tijdschrift in handen. Hij bladert en blijft hangen bij een
reportage over Gina Lollobrigida. Dat was ooit zijn lievelings-
actrice. Hoewel hij zich nu geen films meer herinnert. Of toch:
*Trapeze.*
　Hij was toen wel een beetje verliefd, gelooft hij. Ook deze
foto's herkent hij meteen. Er zijn er bij die haar charmes perfect illustreren.
　Wanneer de telefoon gaat, schrikt grootvader en laat het blad
bijna vallen. Zijn hart bonkt, alsof hij betrapt is.
　Maar het is vals alarm. Verkeerde verbinding. Grootvader
hoort niets wanneer hij opneemt, alleen wat geruis en een klik,
dadelijk na zijn hallo.

Kort daarna verschijnt er een journalist die plaatjes maakt van zijn huis en grootvader probeert te interviewen. Maar dat lukt niet, want kranten schrijven wat ze willen, zegt grootvader en hij doet de deur dicht voor de neus van de reporter.

Toch staat er de volgende ochtend een artikeltje in het streeknieuws, met een foto van de stal en ook eentje van grootvader zelf, die in zijn wagen stapt en alleen te identificeren is door wie zijn Volvo kent.

DROMEN VAN EEN ZONNIGE KERST, luidt de kop. En voor de rest zijn er amper tien regels en heeft men grootvaders naam fout gespeld.

Zie je wel, zegt hij.

Behalve de krant zit er niets in zijn bus. Hij heeft nochtans dringend kaartjes nodig. Maar met een beetje herschikken komt hij toch al aan een half lint.

Er komen nog telefoontjes van mensen die niets zeggen, en ook telefoontjes van mensen die wel iets zeggen, bijvoorbeeld dat het nu gedaan moet zijn met deze godslastering, of dat andere... Wie deze mensen zijn, komt hij niet te weten, want dat vertellen ze niet.

Buur zegt dat grootvader fotogeniek is.

En dan stopt er een busje van de gemeentepolitie.

'Er is klacht tegen u ingediend,' zegt de agent, die tegen zijn kepie tikt.

'Waarvoor?'

'Verstoring van de openbare orde.'

'Waarom?'

Tja, dat weet de agent ook niet precies. Of hij weet het wel: inwoners beginnen zich te ergeren aan de, aan de... Hij vindt de term niet, wordt rood en maakt, intussen binnen, een gebaar dat zowel grootvaders kerstboom als de planeten kan omvatten.

'Kijk,' zegt de agent, 'luister. U doet raar. Het is augustus, niet december. Maar wij zitten omhoog met de zaak. Dat wil zeggen: de burgemeester. Deze klacht is bijna zeker juridisch niet ontvankelijk. Toch moeten wij een onderzoek instellen. Dus ben ik hier.'

'Dat begrijp ik,' zegt grootvader.

'Dus: wat bent u van plan?'

'Waarmee?'

'Zal u deze versierselen nog lang handhaven? Of doet u ze binnenkort weer weg?'

'Dat denk ik niet,' zegt grootvader.

'Waarom niet?'

'Waarom wel?'

'Omdat het geen Kerstmis is.'

'Dat zegt u,' zegt grootvader.

De agent zwijgt. Uiteindelijk noteert hij iets op een papier dat met een klemmetje vastzit op een plankje. Daarna zegt hij tegen grootvader dat er voor alles een tijd is: voor winterkleren, voor vakantie, een tijd om te oogsten, een tijd om te planten.

Tenzij je containerplantjes koopt, zegt grootvader. Dan kan het bijna het hele jaar door.


Diezelfde avond is de ster boven de stal geverfd, geel met oranje, en klinkt er stille, zij het krakende muziek in grootvaders tuin. Onder zijn dakgoot hangt een speaker, waarvan het snoertje handig via het verluchtingsrooster naar binnen loopt.

'Net als op de kerstmarkt,' zegt buur.

Grootvader knikt.

'Ga je nu ook glühwein verkopen?'

'Nee, daarvoor is het te warm.'


Dat klopt. Het is weer volop gaan zomeren, 's nachts blijven de ramen open en dan nog is een laken te veel.

Grootvader staat naakt voor zijn spiegel, het tijdschrift in zijn linkerhand, één oog op Gina Lollobrigida, die glimlachend vooroverleunt, het andere op zijn penis, die omzichtig als een slak in beweging komt, uit zijn eigen rimpels oprijst tot een

162

kwart erectie die echter dadelijk weer dreigt in te zakken, maar via enkele snelle zweepslagen van zijn rechterhand toch half wordt, en dan driekwart, en ten slotte – zij het met een voorhuid die halsstarrig rond de kraag blijft zitten, als heeft zijn eikel het koud – de oprichting voltooit. Niet zonder een laatste, stevige mep.

Klimmers moeten kunnen afzien.

Hij staart naar wat hij al zo lang niet meer heeft aanschouwd, maar ook nooit heeft gemist.

'Eentje voor de mannen van de zagerij,' mompelt hij.

Dan is het al weer over.

En op een ochtend rijdt grootvader zijn auto naar buiten, en jaagt voor hij vertrekt buurs kat uit de kribbe, waar ze nu al voor de derde keer in ligt, en ziet dan het woord.

ZOT.

Een duidelijk bericht in witte letters, met overschot van verf op zijn voordeur geschilderd, want uit de z kronkelt een traan tot op zijn drempel. De maretak ligt naast het rozenperk, aan stukken getrokken. Althans: dat heeft men geprobeerd. Kunststof scheuren valt niet mee. Het lijkt een gekwetst dier, dat daar in het gras is gevallen. Een brokje woede en verfomfaaide frustratie.

Grootvader blijft een ogenblik naar zijn deur staan kijken, als zoekt hij spelfouten. Maar die zijn er niet. Dan zet hij zijn motor af.

De hele morgen zit hij aan de keukentafel. 's Middags eet hij een boterhammetje. Tegen tweeën sukkelt hij in slaap.

In de vooravond komt buur langs.

''t Is me wat,' zegt buur.

'Ja.'

'Dat zal er moeilijk af gaan.'

Grootvader knikt. Hij heeft de deur zelf gemaakt, toen ze hier kwamen wonen. De oude had haar beste tijd gehad. Er zat ook te veel glas in. Een volle afselia deur maakte hij, met twee panelen. Elk jaar een laagje sierende houtbescherming, kleur 283, notelaar. Uitstekende deur. Hoewel ze de laatste tijd wel eens tegen de vloer schuurde.

'Ze moet wat bijgeschaafd worden,' zegt grootvader.

'Knelt ze?'

'Ja.'

'Vocht wellicht. Of een tegel omhooggekomen.'

Ze drinken een borrel en staren voor zich uit. In de tuin van buur trimt zijn vrouw de boordjes van het grasperk. Het nijdige geluid van het motortje dringt door het raam heen. Alsof een reuzenbij zich aanhoudend kwaad maakt.

Grootvader schraapt zijn keel en zegt dat de bonen lekker waren.

Buur knikt. 'Je kan er nog meer krijgen,' zegt hij, 'je zegt het maar.'

Dan zwijgen ze weer. Na een poos valt ook de bij stil.

Bijschaven. Dat deden de Chinezen al, met de wereld.

'Zot' was een populair woord op school, herinnert grootvader zich. Je trof het overal aan: op de poort, op het bord, op muren en schriftjes. Het werd ook meteen van iedereen gezegd.

O zot.

Een geliefd woord, in heel dit land. Een zotte prijs, de schroef draait zot, hou de zot niet met mij, hartenzot, hij zit zot van haar.

Zo zot als een deur.

Grootvader moet glimlachen.

'Het is er wel het seizoen voor,' zegt hij.

'Wat?'

'Om deuren te bekladden.'

Buur begrijpt het niet en grootvader vraagt of hij het verhaal van de Onnozele Kinderen dan vergeten is. Nee, zegt buur. Grootvader legt het hem toch maar uit. Hoe Herodes alle twee-jarigen van Betlehem liet vermoorden om zich van de pasgeboren koning te ontdoen en hoe sommigen werden gered, omdat hun deur besmeurd was met het bloed van...

164

Grootvader aarzelt.

Nee, schudt buur. Je verwart. Met Mozes, de plagen van Egypte. Jahweh liet alle eerstgeboren Egyptenaartjes sterven en spaarde de Israëlietjes, want waar hij lamsbloed aan de deur zag, ging hij voorbij.

Grootvader knikt.

'Tegenwoordig kom je voor minder voor een senaatscommissie,' zegt buur.

Ze doen hun borrels nog eens vol.

'In ieder geval betekent onnozel hetzelfde als zot,' zegt grootvader.

Daar is buur het mee eens.

De volgende dag kruipt grootvader op zijn ladder en haalt het lampensnoer uit de dennenboom. Hij breekt de stal af, verwijdert de kaarspotten, haalt het zilver van de brievenbus.

Ook binnen wordt alles weer opgeborgen: de ballen, de hulst, het lint, ten slotte de kerstboom zelf, die grootvader zorgvuldig, tak na tak, afbreekt en samenvouwt en in de grote doos schikt. De speaker komt weer op de kast terecht.

Daarna keert grootvader zich naar de deur. Hij krabt de verf weg met een mesje, schuurt met fijnkorrelig papier, wrijft en bet met thinners en bijtmiddelen. Maar zoals hij verwacht, wordt het omringende kleursel ook aangetast en uiteindelijk moet hij de hele deur blank zetten en opnieuw kleuren. Het kost hem vier dagen. En dan nog, tot weken later, ziet hij heel vaag, zoals vormen nog even oplichten tegen de binnenkant van een gesloten ooglid, de letters door het kleursel schemeren. Maar iemand anders ziet het niet.

Augustus is voorbij, het wordt herfst, het wordt winter.

Met Kerstmis krijgt grootvader een televisie cadeau van zijn kinderen. Ze hebben geld bij elkaar gelegd en het is een prachtige breedbeeld Thomson geworden, made in Europe. Er zit een rode strik om de doos, wanneer ze door de oudste vier kleinkinderen naar binnen wordt gedragen, onder het applaus van iedereen.

De volgende ochtend hakt grootvader erop in met de bijl en sleept wat overblijft naar zijn hekpost.

Zijn dochter, die langskomt, begrijpt het niet.

'Ik zei toch dat ik er geen meer moest hebben,' zegt grootvader. 'Alleen moeder keek televisie.'

# 12 Dear diary

In het midden van haar leven begon ze een dagboek.

Al bij de eerste zin ging het fout. 'Vandaag ben ik veertig geworden,' schreef ze en de pen bleef hangen.

Ze probeerde de computer.

Als een knarsende locomotief kwam de gewoonte op gang om iedere avond de dag te vatten in moeizaam neergehamerde zinnen, die aanvankelijk nog grammatica en syntaxis respecteerden, maar allengs steeds hoekiger werden, ingedeukt raakten onder afkortingen en symbolen, samengeprakt tot hiëroglyfische ellips.

Nadien had ze Amaretto nodig.

Maar de voldoening: te kunnen terugbladeren in de tijd, verzonken dagen (na een maand even ver als pregalactische nevels) met één blik weer dichtbij te halen en tot leven te wekken.

Toch ging het steeds slechter. Na de klok van vieren zag ze het vreselijke ogenblik naderen, de slagschaduw van de avond. Wat was er allemaal gebeurd? Hoeveel regels zou het kosten?

Het zoemen van een pc werd een hels lawaai.

Thuisgekomen van een weekend Parijs, trok ze in euforie haar mantel uit, zeeg neer bij de haard, mompelde: 'Ik ben gelukkig.' En opeens, in één seconde, lag een snoer van weerzin om haar hals, spijt dat ze zoveel had beleefd, want het moest nu allemaal worden opgeschreven.

En zo schiep ze zichzelf het perfecte bestaan: niets meer toelatend te gebeuren. Ze bleef in bed, levend van astronautenmelk. Als de ultieme tuinier die elk perkje elke groei ontzegt, kruid en onkruid wiedt en ook de opschietende lelies – smetteloze aarde kweekt die geëffend kan worden en aangeharkt, met de gestrengheid van een wakende engel.

Toen ze stierf, sneeuwde het dichte vlokken. Ze wisten de wereld uit: een steeds wittere pagina.

# 13 Het was kwart voor elf

Het was kwart voor elf, toen Joris een streepje trok onder de laatste strofe en de datum in de hoek schreef. Ook de naam van de camping voegde hij toe. Later, wanneer hij de definitieve versie af zou hebben, maar dat kon best nog een halfjaar duren, zouden het deze coördinaten zijn die mee werden afgedrukt. Het is de conceptie van een tekst die telt, vond hij, niet de finalisering. Ook van mensen dacht hij dat wel eens. Het intrigeerde hem te weten op welk moment hij was verwekt, dag of nacht, of het regende en waarover het Kamerdebat ging. Van zijn geboorte wist hij dit allemaal, had zelfs twee kranten van 13 december 1945 in zijn bezit, waarin hij regelmatig bladerde, zowel gefascineerd door inhoud als lay-out. *Het Laatste Nieuws*, prijs 1 frank, had een frontpagina vol oorlogsnaweeën en een wriemelende achterkant waar honderden advertenties elkaar verdrongen in een oersoep van onleesbaarheid. De minuscule lettertjes en cijfertjes dansten Joris al na een halve kolom voor de ogen, maar toch had hij ze allemaal gelezen, verschillende keren zelfs, zodat hij nu uit het hoofd kon zeggen dat op zijn geboortedag het land een veertigtal keukenmeiden nodig had, van wie in hoofdzaak verlangd werd dat ze 'jong, deftig en werkzaam' waren. Er was de dringende vraag van iemand om 'interlock aan 't stuk' te kopen. Een dameskleermaker wou een jonge gezel die 'het schoon dameswerk verlangt aan te leren'. Een kapper verklaarde genoegen te kunnen nemen met 'een halven gast'. In Gent was een 'sprekende cinema' te koop. En de oudejaarsfeesten zouden 'buitengewoon schoon worden, voor al wie een groot lot bij de Koloniale Loterij won'. Maar... 'hebt Gij reeds Uw biljet?'

That's the question, mompelde Joris. Hebben wij reeds ons biljet.

Hij herlas zijn gedicht, met stijgende tevredenheid, zelfs enige opwinding. En net op dat moment, toen ook van de frontpagina nog even iets doorsijpelde, onder meer dat de toestand van generaal Patton, na zijn verkeersongeval van zondag, zorgwekkend bleef, hoorde hij de kreet van zijn vriendin, die aan de andere kant van hun tentje de pan kokende olie omstootte. En Joris vloog overeind, liet zijn papieren op zijn stoeltje vallen en snelde naar haar toe.

Het was een winderige morgen, schraal en koortsig, met een onrustig wolkendek dat als een rafelige muleta nu eens voor de zon hing, er dan weer werd af getrokken, gemanipuleerd door een geeuwende god die wil zien welke licht- en schaduwnuances er allemaal uit een heuvellandschap te halen vallen.

Of seinde de god iets door? Een code van heil misschien, of dreiging, alleen te lezen door ingewijden en hogepriesters.

Het stapeltje papieren was dus op het stoeltje beland, bleef enkele seconden liggen, bovenaan al meteen in beweging en wegglijdend, met twee, drie vellen die de toon leken te zetten door als vliegvlugge vogeljongen met de vleugels te klappen, zich daarbij telkens kort verheffend maar voorlopig nog terugvallend. Voorlopig. Daar veegde de borstel van een rukwind over de matten zitting en de bundel schoof naar de rand en dan erover, elk vel springend met bijna militaire discipline, wachtend tot de voorganger had losgelaten om zelf de ruimte te kiezen. Ze waren slechts met zijn tienen en lang duurde het niet voor iedereen was opgestegen, een echo van geflapper achterlatend dat zich even had gemengd met de wind. Vluchtig beroerde castagnetten.

In de zitting maakte een losgekomen bies een verticaal driehoekje, de warmte van het mensenlichaam was er al niet meer.

Er waren negen blanco bladen, die, anoniem en nietszeggend,

verwaaiden tussen tenten en caravans, bleven hangen aan een zeil of een draad, doelloos onder een auto schoven of neervielen in de hoek van het toilettengebouwtje, waar de wind ze niet meer kon bereiken en ze de volgende dag aan de stok van de vuilnisruimer zouden worden geprikt.

Enkel het bovenste blad, dat de volle zuiging van de wind had ondergaan, vloog tot in de top van de kastanjeboom, waar het bijna klem raakte, maar toen werd verdreven door een nieuwe stoot, die de hele kruin in beweging bracht, een sissend protest tegen zoveel gratuite rustverstoring. Het vel begon aan een neerwaarts buitelende vlucht, scheerde over de kiezelweg die de camping in tweeën verdeelde, maar werd toen weer opgetild, een mobilhome over, raakte bijna een vlaggenmast en schoot toen, nog steiler klimmend, helemaal voorbij de kantine-annex-disco, zodat het buiten de omheining terechtkwam en zich onttrok aan het campingleven.

Hoewel: bijna onmiddellijk verloor het hoogte in de luwte van de bosrand en viel neer in de bedding van het beekje, dat al weken droog stond. Kale takken op de bodem, keien en lege blikjes, plastieken flessen en een autoband. Overal stond gras te verdorren, braamstruiken kropen zachtjes krakend tegen de oever op en hier en daar–bruingrijs, vormloos–lagen de resten van lisdodde, wier en veldjes kroos.

In deze niche daalde het blad neer. Het gleed voorover in het grind en raakte verankerd onder een bos doornige twijgen. Zoals het echte bodemwezens past, begon het zand op zijn rug te werpen en was na een uur versmolten met zijn omgeving. Slechts twee gekreukte hoeken bleven zichtbaar opgericht tussen de stekels.


Na de middag bedaarde de wind. Enkele wolken stonden hoog op de horizon, witte wachters bij een arena waarin de slagen van de hitte weergalmden.

De avond kwam, de nacht.

Een broeierig amalgaam van duisternis en insecten, streepjes geluid die een warrige koers voerden en plots vorm kregen in de halo van een straatlamp.

Bleke flitsjes in de kringen om de maan.

Geritsel in het gras, geschuifel tussen de takken, de ingedikte klank van grindkorrels die verrolden onder de passage van een rups of duizendpoot—een espenblad dat opzij werd gewrikt.

En het zwellen en krimpen van verre muziek of lachende stemmen.

De verwachte regen bleef uit en de dagen gonsden. Silhouetten trilden boven de vlakte.

In de bedding, een meter onder de wereld, verscholen in zijn loopgraaf, had het blad niets om handen dan bestaan. Het deed dit voorbeeldig—bewegingloos, sereen, de woorden die het droeg bedekkend met zichzelf. Verzen die zich aan niets anders toonden dan de gebarsten aarde. Stom sprekend in het duister, in een taal die bovendien niet die van het land was. Ook de torretjes die onder het vel beschutting zochten—de mieren, de spinnen en pissebedden, hadden deze tekens nog nooit gezien. Niet op de muren van de huizen in de omgeving, niet in vuilnisbakken waar ze over kranten kropen en likten aan kleverige etiketten.

Vijf strofen, achttien regels.

In de brandende zon stierven onkruid en gras, tot ze nauwelijks nog opvielen tussen het grind en de keien. Het papier gaf echter geen krimp, ook niet als het zand er nu en dan werd af geblazen door een valwind die struikelde op de oever en in de beek terechtkwam. Stevig papier uit het noorden, handig formaat, hard en solide, vervaardigd door vakkundige ambachtslui. Houtvrij, pure gebleekte celstof, secuur gemalen en met harslijm vermengd, gesatineerd. Dit papier kon iets hebben.

Het kon iets geven. Eronder genoot het krieuwelvolkje van een halve graad koelte.

Een verkoelend gedicht.

's Nachts verloor de buurt zijn lethargie. Over de omheining kwam muziek aandrijven, gedempt, voortgestuwd door grommende tonen en ritmes, en boven het donkere gebouw ontstonden woorden in glanzende kleuren, terwijl een hel licht zijn kegel kriskras liet rondflitsen: naar links, naar rechts en ook opwaarts, priemend naar de sterren. De bodem van de beek was onbereikbaar, maar af en toe gleed de straal met zijn brede basis over de kruinen van de bosrand, als op zoek naar vogels, die in hun slaap makkelijk te verrassen zijn. En dan leek er iets van het schijnsel naar beneden te druipen.

Meteorietjes krasten langs de hemel en later in de nacht verschenen gestalten aan de beek die, gezien in het tegenlicht van de maan, vier klompige voeten hadden, vier lange benen en hoge, dubbele hoofden. Soms wandelden zij alleen maar voorbij, giechelend, tot het duister hen opnam. Soms hielden ze halt en ontstond iets als een traag gevecht met stereotiepe geluiden. Geritsel, zacht exploderende vacua, gekreun, soppige ritmes als spoelde iemand lang en luidruchtig zijn mond, geschreeuw.

Nog later dook een gedaante op bij de oever, met gebaren die geleidelijk verhevigden, tot het stille druppels regende op het mos en tussen de distels, waaraan dikke tranen kwamen te hangen, alsof ze hun sap hadden moeten prijsgeven.

's Ochtends kroop alles onder de mist vandaan.

De ratten hadden de nacht niet nodig. In het eenzame middaguur gleden ze uit de struiken de bedding in en staken hun neus in de lucht. Ze snuffelden aan alles wat op hun weg lag, sprongen over de autoband, beten in een ballonflard, kropen door een sluier van verdroogd wier dat afhing van een opstekende tak en verdwenen in een gat in de oeverwand. Even verder kwamen ze weer te voorschijn en vervolgden hun schuifelende tocht. Bruine ratten, heer en meester over Europa, lang geleden uit verre landen overgekomen en nu de wereldzeeën bevarend, berucht als de verdringers van hun zwarte, pestverspreidende soortgenoten.

Het dankbaarste dier van de schepping ook: kortstaartige reus, die de mens doet beven en zijn vrouwen gillend de tafel op jaagt. Genietend van alles wat de planeet te bieden heeft: korstmos, granen en dode muizen, kevers en kaas, maatbekertjes en verstorven lijm, vis, jonge vogels, eieren, babyneuzen, hout en gras en de gehele oogst van het veld, een nylonkous en het rubber van leidingkabels, waar hij onverschrokken de tanden in zet, niet onder de indruk van de elektronen die langsflitsen onder zijn natte snuit.

Genietend van poëzie.

Toen de zon haar hoogste punt had bereikt, kroop er een rat, oud en behoedzaam, rond de twijgen waaronder het vel nu al vier dagen rustte, rook aan een van de opstekende hoeken, aarzelde, keerde op zijn stappen terug, loosde wat urine op een verbrokkelde baksteen, die dadelijk een groene vlieg aantrok, trippelde een tweede keer naar de twijgen en kon nu niet langer weerstaan. Hij greep het papier vast, rukte het los, rende ermee richting oever en was spoedig verdwenen in een bos hoog opschietende netels.

Geen stengel had bewogen.

Geen vogel geprotesteerd.

Alleen, en dan nog nauwelijks merkbaar op de harde bodem, liep een spoortje van min of meer parallelle lijntjes door het grind, daar waar de randen van het gedicht over de grond hadden gesleept.

In het hol was het koel. Het stonk er, het was er een kluwen van haartjes, veertjes, keutels, vodjes, stukjes plastiek en flardjes textiel, splinters, eindjes touw en ijzerdraad, aardappelschillen en mosselschelpen, een dennenappel en nog vele andersoortige rattenaccessoires. Het was er ook een komen en gaan van medebewoners, die uit steeds weer andere gangen in de centrale woonketel opdoken, elkaar besnuffelden en tegen elkaar opsprongen, zich wasten of krabden, niesden, in een holletje verdwenen waar het zachte gepiep van jongen opsteeg.

Het blad werd wat heen en weer gedragen, met onduidelijke bedoelingen, neergelegd, weer opgeraapt, betrappeld en verschoven, kwam ten slotte terecht in een hoek waar het een tijdje vergeten werd en toen weer opgepakt. Tegen de avond leek de definitieve bestemming bereikt. Gehavend dekte het enkele olijfpitten en rotte appels af, min of meer op zijn rug gekeerd, waardoor de woorden zichtbaar bleven. Plooien liepen over het papier, de tekst herschikkend tot een reliëf van heuvels en ravijntjes, zodat verzen op hun kop stonden, rijmen niet meer klopten, afgebroken zinnen hun voltooiing vonden in de verkeerde regel. Tektonische poëzie. Posthumaan, ratatouillistisch.

Ook waren de marges aangevreten. De titel was weg, onderaan de naam van camping en dorp. Alleen de datum stond er nog, in slordige cijfers: Arabisch voor dag en jaar, Romeins voor de maand ertussen.

In elk land klinkt de regen anders. Mals en melodieus waar er moestuintjes zijn, evident en autocratisch waar hij de seizoenen bepaalt, anarchistisch, oorlogszuchtig zelfs waar hij dwaalgast is en al te lang werd buitengehouden.

Toen de zondvloed kwam, overviel gelatenheid dan ook het land. Het had zich al talloze malen afgespeeld en zou dat nog talloze malen doen. Van de ene minuut op de andere werd de hemel zwart en zakte de hitte op haar knieën. Stof wervelde omhoog tot donkere gestalten die over de vlakte naar de heuvels trokken in een onvoorspelbare dronkemansloop. De kruinen van de bomen kwamen in beweging, bogen abrupt en simultaan, richtten zich dan weer op, zwaaiend in een perfecte choreografie. Zo kende alles zijn rol. Tot het geraas aanzwol in het westen, de wolkenmuur dichter en dichter kwam, steeds zichtbaarder werd, zwarter, voortgedreven in zijn onhoudbare logica van macht en geile vernietigingsdrang.

In het rattenhol bleef alles aanvankelijk rustig.

Nog altijd lag het gedicht op zijn gistende fruit, hier en daar al bruin doortrokken, de plooien verslappend onder het indringende vocht.

Toen het hol onderliep, wrikten enkele ratten zich klem in de blindgangen, zoals hun instinct het voorschreef. De proppen van hun lijven hielden het wassende water tegen, hun koppen ademden de luchtbel van het breed uitgegraven gangeinde. Zo hielden zij het nog even uit, maar toen de beek opeens een kolkende stroom werd en de oever het begaf, werd de hele roedel meegespoeld. Alle tuimelden in het water, verdwenen razendsnel uit het zicht, tollend en rollend in de schuimende carrousel.

Het papier was hun toen al vooruitgesneld, meegezogen in eenzelfde dolle rit die kilometers zou duren, langs nieuwe campings voerde, schilderachtige herbergjes, eenzame landhuizen, door bossen en lavendelvelden, door dorpen vol nieuwsgierige mensen die onder een grauwe hemel over de reling van boogbruggetjes hingen, waar de roodbruine stroom zich met donderende werveling onderdoor perste, brokken uit de stenen pijlers slaand met alles wat hij bij zich had: stoelen, emmers, boomstronken, een tent, een autodeur, het dak van een caravan, massa's spiralende, ondefinieerbare rommel. De mensen zagen het gedicht passeren, gevangen in een eilandje planten, renden naar de andere reling om het na te wijzen, zoals het daar zijn weg vervolgde, in het zog van een dode hond.

Het eilandje dreef een stad binnen en verloor abrupt snelheid in de brede vlakte van een ondergelopen marktplein, waarop mannen in gele oliejekkers behoedzaam rondroeiden in platte, aftandse bootjes, de riemen knarsend in de dollen. Ze haalden bejaarden op die stonden te wachten op balkons of legden proviand in een mandje, dat aan een touw werd opgehesen en verdween in een raam op de tweede of derde verdieping.

Een neerplonzend riemblad bevrijdde het papier uit de planten, maar halveerde het ook. De onderste helft, nog nauwelijks blad te noemen, scheurde verder door. Fragmentje na fragmentje scheidde zich af, rafels dreven weg die spoedig zouden oplossen in nog kleinere deeltjes, zinsstukjes, woorden, lettergrepen, letters, tot die graad van verdunning zou zijn bereikt dat er geen tekst meer was, geen papier, maar een uit vrije partikels bestaande mutant die integraal deel uitmaakte van het water, met als enige taak de zee te bereiken.

Het bovenste stuk hield echter stand. Het slaagde erin een tweede klap van de riem te ontwijken, werd gevat door een zijstroming, dreef een steegje in naast een warenhuis, versnelde weer, passeerde een blok flatgebouwen, kwam in de buitenwijken terecht, verdween in een rioolrooster, dreef door het donker en werd weer uitgespuwd in een overvolle sloot, die het de velden in droeg, waar overal plassen en vijvers waren en bomen in zichzelf verzonken stonden, starend naar hun kruin. Toen de nacht viel, kwam de flard volkomen uitgeput tot stilstand in een modderige poel niet ver van een kasteel. Meeuwen zeilden door de lucht en verder heerste er stilte.

De poel droogde uit.

Waar ooit water had gestaan, kwam weer het vroegere in de plaats: een inzinking in een aardeweg naast een houtwal, waar karsporen doorheen liepen. Ze volgden een eindje een afsluiting van prikkeldraad en hielden dan, net voorbij het kasteel, op bij een metalen hek waarachter koeien graasden.

Vogels kwetterden, muggen dansten. Weken gingen voorbij.

's Nachts kwam een ransuil op een paal zitten, tuurde twee minuten in het rond, dook dan met krachtige wiekslag in de houtwal en zette zijn klauwen in een slapende spreeuw. Deze kreeg de tijd voor één ontzette kreet, voor ze de zwarte lucht werd ingevoerd.

Overdag bromden of snerpten tractoren, al naargelang ze ver of dichtbij aan het werk waren en de wind hun geluid opjoeg of tegenblies. Wanneer er een door de put in de aardeweg reed, brulde de machine kort en nijdig, en kraakten haar onderdelen. Vaak vielen stukjes vracht van de kar: een maïsblad, wolkjes pulp, brokjes met stro doorweven mest.

Terzijde, diep in het gras, overwoekerd door boterbloemen en leverkruid, lag het restant van het gedicht. Een halfvergaan stukje papier dat slechts wachtte op een verkeerd geplaatste voet om verpulverd te worden. Zo zwak dat het nauwelijks nog de tred verdroeg van een spitsmuis, de vleugelslag van een gevallen hommel, de afzet van een sprinkhaan. Het vroegere wit had zich omgezet in een glazig grijs waarin de moddervlekken nog doorschemerden. Zo lag het in elkaar gedoken, amper zichtbaar tussen de begroeiing.

Twee strofen had het bevat, acht regels, maar deze waren weg, vervlogen met de inkt die niet had kunnen weerstaan aan de elementen. Hoewel: hier en daar was nog iets te zien – een flauw, krinkelend trajectje waar de pen was gepasseerd. De schaduw van een schaduw. Zoals het slijmspoor getuigt van de slak. Of een ziekte haar afdruk nalaat – zwartblauwe glans onder de ogen, een gebarsten adertje.

Nog later hield een auto halt bij het begin van de aardeweg. Een man stapte uit en stelde een ezel op in de berm. Hij zette een strohoed op zijn hoofd, ontvouwde een stoeltje en zat spoedig te schilderen: het kasteel, de houtwal, de weg. Zachte potloodlijnen die, naarmate de middagen verstreken, verdwenen onder een aandikkende verflaag waarin het landschap steeds vastere vorm kreeg. Een doordacht koloriet toonde hoe de herfst alles subtiel aan het schuiven bracht in het spectrum van roden en bruinen, hoe het groen een ander soort groen werd, hoe oranje zich mengde in het debat zonder op een fluitconcert te worden onthaald.

Want de schilder kende zijn vak. Hij had de tijd, hij was oud. Zijn penselen boden zowel de grofste streek als het geraffineerdste lijntje. Geconcentreerd bestudeerde hij zijn onderwerp, roerde hier en daar in zijn palet en bracht omzichtig de borstel naar het doek. Een vertalingsoefening, zo zag hij zijn opdracht. Elke tak, elke spitsboog, elke veeg duivenpoep op de leien omzetten in verf, zonder één nuance verloren te laten gaan. Waarom dat zo moest, wist hij niet. Alleen dat het zo moest. Zijn taak was te registreren, getuige te zijn. Beter dan een fotograaf het kon. In een toestel bleef altijd iets hangen. Om van een bad vol chemicaliën nog maar te zwijgen.

Hij voelde spijt dat de wolken niet stilstonden, de zon voor een telkens weer nieuwe lichtinval zorgde. Iedere middag zag het kasteel er een beetje anders uit dan de middag daarvoor. En zo werd elke toets toch weer een compromis. Maar daar had de schilder mee leren leven.

Toen hij klaar was, knikte hij. Hij liet zijn penseel zakken, veegde zijn handen af. Missie volbracht.

En toch. Hoe nauwgezet de voorgrond ook was weergegeven, hoe overtuigend de aardeweg ook naar zijn verdwijnpunt achter de koeien toe liep, hoezeer de grashalmpjes en de boterbloempjes en de blaadjes leverkruid ook de indruk wekten dat je ze kon aanraken en tellen, toch was op het doek niets te merken van wat ertussen verzonken lag. Maar dat kon in het echt evenmin, tenzij je hommel of spitsmuis was.


Het schilderij werd gekocht door Carol, die er volgens haar man veel te veel geld voor betaalde. Het zorgde ook nog eens voor moeilijkheden bij hun terugkeer, toen het een plaats moest krijgen in de kofferbak van de auto die zo al niet meer dicht wou. Dan maar de koelbox op de achterbank gezet. Ze kregen er nog bijna ruzie door. Maar eenmaal thuis vond Levi toch ook dat het een mooi ding was en stemde in met een ereplaats boven het dressoir.

Na twee dagen had de routine van werk en huishouden zich hersteld en was hun reis niet meer dan een herinnering die zich, de verloren gegane vervangend, bij al die andere herinneringen zou voegen waaruit relaties zijn opgebouwd.

's Avonds las Levi zijn krant en meldde nu en dan iets aan Carol, die nog wat karweitjes opknapte. Bloemen water geven, een hemd strijken. Daarna keek ze televisie.

179

Weer een Algerijns dorp de keel doorgesneden, zei Levi. Een journalist heeft Pol Pot gezien. Bij Honda hebben ze een robotmens gebouwd die trappen kan oplopen. Die Pathfinder stuurt nog altijd foto's door van Mars.

Carol produceerde een kort geneurie – instemmend, of verwonderd, al naargelang, zonder haar blik van het scherm af te wenden.

's Nachts kreeg ze dorst en haalde een fles water uit de ijskast. Voor het dressoir hield ze halt. Een goed landschap moet je het verlangen geven erin te wandelen, had een vriendin ooit gezegd. Bij dit schilderij voelde Carol dat zeker. De wens langs de houtwal te stappen, de trappen van het bordes te beklimmen en door de hoge ramen te gluren.

Toen ging ze terug naar bed.

Ze werd oud, kwam alleen te staan.

Ze verhuisde naar een home en nam het schilderij mee. Ze hing het aan de muur van haar kamertje en elke dag keek ze er even naar. En dan leek het alsof iemand tot haar praatte.

# 14 In de Cambrinus

*'Some people call me the space cowboy...'*
'Some call me the man of love...'
Dat je Thysebaert ooit zult vermoorden staat al vanaf het begin vast. Het is alleen afwachten wanneer. Enige voorbereiding lijkt je aangewezen, want je wilt voor niemand de gevangenis in. Niet met die hyperventilatie van je, en je delicate maag.
Callebaut betwijfelt dat het 'the man of love' is.
'Hij zingt iets anders,' zegt hij. 'Gangster, of zo.'
'Gangster of love,' zegt Thysebaert. 'Die Steve. Nou ja, ons hoeft hij niets wijs te maken.'
Je begrijpt wat hij bedoelt. Waar gangsters zijn, zijn slachtoffers. En het onderscheid is niet altijd even duidelijk.
Dat Thysebaert dit soort nuanceringsvermogen heeft, is iets wat je tegen je zin vaststelt.
Hij tikt een beetje as van zijn sigaret en neemt een slok. 'Al eens bij stilgestaan hoeveel Millers er in de muziek zijn?' vraagt hij. 'Franky, Steve, Glenn...'
Neen, daar hebben wij nooit bij stilgestaan.
'Het is natuurlijk een courante naam. Ook in ons landje. Hoeveel mensen heten niet Molenaar?'
Je zou het niet weten. Je denkt even na, maar je kan je geen enkele Molenaar te binnen brengen. Nochtans ontmoet je behoorlijk wat volk. De laatste tijd iets te veel zelfs.
Ook de anderen blijken met het vraagstuk bezig.
'Ik had een leraar die Molenaar heette,' zegt Sercu. 'Hij heeft zelfmoord gepleegd.'
Het klinkt alsof er een verband is.
'Is 't waar, Tony?' vraagt Van De Casteele.

Er zit geen zweempje ironie in zijn stem. Van De Casteele is nog altijd bereid, in onverwoestbare klantvriendelijkheid, dadelijk met andermans leed te sympathiseren. Toch is het nu al een jaar geleden dat hij zijn vishandel van de hand deed. Hij is een lieve man. Vorige maand had hij twee flessen rosé mee voor zijn verjaardag.

'Weet je...' zegt Thysebaert.

'Niemand heeft ooit geweten waarom,' zegt Sercu. 'Sommigen hielden het bij kanker, anderen bij een relatie met een meisje uit de klas.'

'Weet je,' zegt Thysebaert, 'dat er een druivensoort is die meunier heet, omdat ze eruitziet alsof ze onder het meel zit?'

Van De Casteele trekt zijn wenkbrauwen op.

'Meunier is Frans voor molenaar, Frans,' komt Callebaut hem ter hulp.

Callebaut is veel in Frankrijk voor zijn werk, Bretagne vooral.

'Zeg, zei Frans tegen Frans in 't Frans. Is Frans in 't Frans ook Frans? Nee, zei Frans tegen Frans in 't Frans. In 't Frans is Frans François.'

Meteen sinds de eerste samenkomst heb je gesnapt waarom Thysebaert in deze groep zit. Je herinnert je de keer (was het niet de tweede sessie al?) dat hij een foto van zijn vrouw liet rondgaan. Je voelt nog de verbazing, eerst omdat hij dit deed, vervolgens over wat je te zien kreeg. Een verblindende stoot—dertig schatte je haar—die tegen de achtergrond van een weids meer net niet in de camera keek, en al even subtiel een glimlachje om haar lippen liet spelen dat alles suggereerde: raadsel, inlossing, dierlijkheid.

'Dat is ze,' zei Thysebaert.

'Dat was ze,' zei Verzele.

Gelach. De foto ging verder rond, tot Vanlangenhove, die nu al enkele sessies niet meer komt, 'Mooie boten' zei. Toen had Thysebaert het door, recupereerde zijn vakantieshotje en zat zwijgend in zijn hoek. Eigenlijk had je met hem te doen.

Je vindt het jammer dat Vanlangenhove niet meer komt. Je vraagt je af waarom Of eigenlijk niet. Hij is moediger dan jij. Niet verwonderlijk voor een beroepsmilitair. En eigenlijk had hij hier niets verloren. Zijn echte probleem is Duitsland, de gedwongen terugkeer uit Lüdenscheid naar een vaderland dat dit al dertig jaar niet meer was. 'Maar de minister fluit en je kan je koffers pakken.'

Je denkt niet dat jij zou aarden in Duitsland.

Je Guinness is bijna leeg.

De deur van de Cambrinus gaat open. Iedereen kijkt op, maar het is Parmentier niet. Hij is hier al geweest, zegt de waard, maar hij was thuis iets vergeten en heeft alvast de sleutels van het zaaltje meegenomen. 'En mijn vrouw heeft de andere sleutel en zij zal nog even wegblijven: familiebijeenkomst.'

Dus wachten wij op Parmentier.

Als je om je heen kijkt, zie je nog meer groepsleden. Bij de deur van de toiletten, half verscholen achter een reusachtige slingerplant, zitten er drie. Gravendijck steekt zijn hand omhoog en laat die dan met kracht op het tafelblad neerkomen, als slaat hij een wesp dood. 'Voilà zie!'

Je hebt nooit de verbetenheid van kaartspelers begrepen, het gescheld op de partner die schoppen uitkomt in plaats van harten. Je kan je voorstellen dat er ooit een Kaartoorlog uitbreekt, zoals de Voetbaloorlog tussen... – Columbia en Ecuador?

In de speakers heeft Steve Miller plaatsgemaakt voor meisjes die uitleggen wat ze really really willen.

'If you wanna be my lover...'

Nu zit Sercu mee te zingen. Je hebt dit liedje wel vaker gehoord en nog onlangs zag je prins Charles op tv in het gezelschap van de zangeresjes.

'Hoe heet dat groepje ook weer, Tony?'

'The Spice Girls.'

Het klinkt een beetje als space, zoals hij het uitspreekt.

Some people call me the space girl.

Zou Charles ook in een zelfhulpgroep zitten? Nee, die heeft zijn paard.

183

'Als Parmentier nog lang wegblijft, ben ik ook weg,' zegt Callebaut.

'Ik heb ooit een weekendfilm gezien,' zegt Thysebaert, 'over een vrouw die een relatie had, en haar man kwam erachter en, nou, scènes natuurlijk, geschreeuw van heb ik jou daar, maar uiteindelijk legden ze alles bij en werden de scherven gelijmd, tot hun dochter trouwt en ze een kleinzoon krijgen en hun dochter, die nooit iets van die affaire heeft af geweten, het kind dezelfde naam geeft als die van de man met wie haar moeder...'

Je luistert hoe het afloopt. Droefheid en ellende. Gebaseerd op ware feiten, hoor je. En daar maakt men dan een film van. En Thysebaert vertelt hem na en Van De Casteele zit hem aan te kijken, als was Thysebaert een bioscoopscherm.

Parmentier is er nog altijd niet. Als je terugkeert van het toilet, blijf je even hangen bij de kaarters. Jacky Kuikens vraagt of je niet meedoet, want met z'n vieren is toch leuker. Je bedankt, zegt dat je geen kei bent in het manillen, wat waar is. Ze dringen nog even aan, maar je houdt voet bij stuk. Je bent niet in de stemming, niet voor bolwassingen. Hoewel je best graag een kaartje legt. Bieden of zo. Of nog het liefst patience.

'Paul speelt liever strippoker,' zegt Gravendijck.

Je kijkt op, maar dan lach je mee, ook wanneer de aansluitende replieken (iedereen heeft blijkbaar ervaring) de richting uitgaan van de vraag wiens ondergoed momenteel 'te doen' zou zijn.

Je bent er zeker van dat geen van de drie ooit strippoker heeft gespeeld.

Jij dus wel. Eigenlijk zou je Gravendijck een borrel moeten betalen voor zijn helderziendheid. Hoewel het zich tot één avond heeft beperkt en het niet echt pokeren was wat je deed met Luisa. Eerder een nieuw soort dobbelspel waarvan de regels ter plekke ontstonden en via steeds verdergaande simplificering spoedig hadden geleid naar de aanblik van Luisa's bruine borsten en het buikje waar ze zich een beetje voor schaamde en dat ze trachtte te verhullen, wat haar op strafpunten was komen te staan. Toen ze uiteindelijk verloor, had ze ook die opdracht met verve volbracht.

Als jouw leven verfilmd werd, zou deze pokerscène de highlight vormen.

Je herinnert je intussen steeds meer details en dat wil je niet. Je verlaat het manillespel en omdat iets in je benen tegentrekt als ze jouw tafel naderen, talm je wat bij de bar, waar André, de waard, net beschikbaar is.

Hij kent je intussen wel, weet waarom je hier bent, maar slaat tactvol een risicoloos paadje in.

'Mooi weer vandaag.'

'Ja.'

'Nog een paar graden erbij en we kunnen ons terras openen.'

'Hm-m. Heeft meneer Parmentier gezegd hoe lang hij weg zou blijven?'

'Nee.'

'Geen andere boodschap?'

'Nee.'

Dan roept iemand om koffie en sta je alleen. Je gaat weer naast Callebaut zitten.

'Nog vijf minuten en ik ben weg,' zegt die.

Handelsreizigers moeten in beweging blijven, zoals sommige vissen die bij stilstand problemen krijgen met hun metabolisme. Haaien, geloof je. Maar hij heeft gelijk. Je vraagt je af wat Parmentier bezielt. Het is zijn gewoonte niet. Ook op de bank is hij klokvast als een Zwitser.

Je realiseert je dat je alweer vergeten bent wat Callebaut precies verkoopt. Iets uit de elektronicasector.

'En ik wou net trakteren,' zegt Thysebaert. 'Komaan, Lionel, nog eentje?'

Callebaut zegt dat hij altijd stipt op afspraken verschijnt, dat hij zijn boeken wel kan sluiten als hij klanten te pas en te onpas zou laten wachten, maar knikt dan toch ja, nog een portje, en ook Sercu en jij accepteren, en Van De Casteele zet zijn bril op en trekt het kaartje uit de houder voor hem op tafel en terwijl zijn gezicht een mimiek aanneemt alsof hij Sophie's choice nog eens moet overdoen, prevelen zijn lippen de namen van de bieren waar zijn vinger overheen glijdt. Uiteindelijk bestelt hij een cola.

'Toch maar een fris hoofd houden voor straks,' zegt hij.

Dat geldt niet voor jou. Juridische problemen heb jij niet, dus heb je geen fris hoofd nodig. Eigenlijk is een fris hoofd het laatste waaraan je nu behoefte hebt. Zo'n hoofd is een stad waarin iedereen moeiteloos zijn weg vindt, blindelings de juiste straat inslaat, nooit afstapt bij de verkeerde halte. Ook vreemdelingen lopen er vol zelfvertrouwen rond en staan, plannetje in de hand, in geen tijd bij de kathedraal of het museum voor hedendaagse kunst.

Je wilt een hoofd als een havenstad, een piratennest ergens op het zuidelijk halfrond, of nee, toch eerder tegen de noordpoolcirkel aan. Roestige petroleumdokken in Siberië, waar Luisa met haar Latijnse bloed al helemaal zou weigeren te komen. In zo'n hoofd is het ook fris natuurlijk, maar het is de frisheid van de vrieskelder, de permafrost waarin niets beweegt en alles slaapt en iedereen zich heeft neergelegd bij het feit dat de enige warmte die is uit de wodkafles.

'Ja,' zegt Sercu, 'mijn advocaat vindt dat ik niet te veel moet luisteren naar andermans verhalen. Dat elk geval een geval apart is.'

'Dat klopt,' zegt Callebaut. 'Mijn vrouw en haar advocaat vinden zelfs mijn geval een ander geval dan ik en mijn advocaat het vinden. Terwijl het toch hetzelfde geval is.'

Daar moeten wij even over nadenken.

'Jij bent nog jong, Tony,' zegt Thysebaert. 'Ook naar advocaten moet je niet te veel luisteren.'

'Maar je moet ze wel betalen,' zegt Van De Casteele. 'Heb daar gisteren een rekening gekregen. Goeiemorgen. En nochtans had ik...'

Hij legt uit wat er aan die rekening schortte, maar wordt onderbroken door Thysebaert, die ook nieuws heeft over zijn raadsman.

Zo zal het straks verdergaan, met een zwetende Parmentier die de heren nooit langer dan vijf minuten bij de les kan houden. 'Kom, laten we aandacht hebben voor mekaar.' Als je iets hebt opgestoken van de voorbije sessies dan is het wel dat de term 'zelfhulpgroep' vooral klopt in zijn eerste lid. Zodra iemand het woord krijgt, sleurt hij het zijn achtertuintje in, waar hij bezig blijft tot men hem roept voor het avondeten.

Waarom ben je hier? Je hebt geen advocaat en je kent wel duizend betere plaatsen waar havenhoofden te verkrijgen zijn.

Hoewel de Guinness van André goed is.

Alsof ze je gedachten heeft geraden, verschijnt er een dienstmeisje dat haar dienblad voorzichtig op tafel schuift en de vracht begint te verdelen. 'En de cola is voor...?' Haar schouder beweegt ter hoogte van je neus, je ruikt een zieltogend parfum dat andere geuren er nauwelijks meer onder houdt, maar op een of andere manier zijn ook die niet onprettig. Je hart mist een slag bij een plotselinge fantasie die zich niet concretiseert, zelfs meteen verdwijnt, maar zoals een déjà vu toch duidelijk is geweest in al haar onvatbaarheid. Ze verwoordt zich even als ik-wil-met-dit-kind-naar-bed, maar dat moet een metafoor zijn —ze is veel te jong.

Thysebaert maakt een nummertje van het betalingsritueel en Sercu moet erom lachen.

Het meisje glimlacht professioneel terug, steekt een hand in de brede schortzak, die net voor haar pubis hangt, en blijft daar even in woelen. Getinkel als van een kettingtetje. Kuisheidgordels. Dan haalt ze haar hand weer boven en legt de wisselmunten op tafel.

'Asjeblief,' zegt ze, neemt haar bord op en stapt terug naar de bar.

Een korte rok van ribfluweel.

'Veertig frank voor een cola,' zegt Van De Casteele. 'In mijn tijd kostte een pint er vijf.'

Parmentier is er nog altijd niet en Callebaut heeft zijn jas aangetrokken en ons het beste gewenst.

Thysebaert is gaan telefoneren en Van De Casteele vraagt of men een huis nu beter financiert met een schuldsaldoverzekering dan wel met een gemengde levensverzekering.

Je legt een en ander uit en dan roept iemand je naam. Je kijkt om en aan de tafel achter de sigarettenautomaat, waar andere groepsleden zitten, zie je de wenkende hand van John Teerlinckx.

'John wil me even spreken,' zeg je tegen Van De Casteele en je gaat naar Teerlinckx' tafel en wanneer je er bent, krijg je meteen een nieuwe Guinness, want Bartsoen betaalt net een rondje.

'Ah, en eentje voor Paul ook. Paul? Je bent er nog net bij.'

'Een Guinness.'

André, die zich al half had omgedraaid, knikt, neemt nog drie lege glazen mee en verdwijnt fluitend.

Het valt je weer op hoe een waard, in tegenstelling tot een kelner, nooit een papiertje nodig heeft om een bestelling te onthouden. Sterker: van de twee zal het de ijverig noterende laatste zijn die erin slaagt het verkeerde voor je neus te zetten.

'We raken er hier niet uit,' zegt Teerlinckx. 'Jij hebt toch geschiedenis gestudeerd? Waarom heten zoveel cafés Cambrinus? Is dat niet de oudste brouwerij van België?'

'Nee,' zegt Bartsoen. 'Hij was de uitvinder van een of ander drankje. Bessenjenever of zo. Of kriek.'

Je moet beiden tegenspreken. Het gaat hier om de god van het bier, zeg je, wiens naam is afgeleid van een Germaanse stam. Je aarzelt om er Tacitus bij te halen, want je wil je niet aanstellen. Je reputatie binnen de groep is zo al niet schitterend en die van pedant hoeft er niet nog eens bij.

Die wrevel voel je overigens al lang. Je kan ze ook wel begrijpen. Je zegt nooit veel. En als je iets zegt, ga je zelden voluit. Ook spreek je meestal enkel als je wat gevraagd wordt en die overjaarse welopgevoedheid werkt gauw op de zenuwen. Wieltjeszuigers zijn nergens populair.

Vooral neemt men je kwalijk, denk je, dat je nooit meehuilt in hun koor van mannelijke verongelijktheid, dat minstens één keer per vergadering een lied aanheft vol gal en agressie tegenover de vrouwelijke soort—eigen exemplaar in het bijzonder. En ook dat kan je wel begrijpen, ondanks de woordenschat. Gravendijck en Callebaut en Van De Casteele wordt het vel over de oren gehaald, Thysebaert moet zo ongeveer de CIA inschakelen om af en toe zijn kinderen te kunnen zien, Bartsoen trof zijn huis in dergelijk ontklede staat dat alleen het papier niet van de muren was getrokken en Sercu, de laatst toegetredene, wacht na drie maanden, afscheidsbriefje onder zijn hoofdkussen, nog altijd op een eerste teken van leven.

'De slet fantaseerde dat ze 't met De Niro deed.'

'Elke week de deurwaarder aan mijn bel.'

'Mijn oudste krijgt straf als hij snoep van mij aanvaardt.'

En dan kijken ze naar jou en jij schudt het hoofd en zegt: hoe is het mogelijk, hoe kunnen mensen zo zijn? Maar het is niet dat wat ze willen horen. Ze willen jouw verhaal. Jij hebt echter geen verhaal. Geen conflict, geen kinderen, geen advocaat. Alleen verdriet heb je, en een verlangen dat maar niet overgaat.

Dat begrijpen ze niet. 'Ik mag doodvallen als ik nog iets voor haar voel.' Ze luisteren even, met de formele aandacht die men reserveert voor amateurs, en gaan dan weer verder met hun eigen geschiedenis.

Toch blijf je komen. Je weet dat je na elke bijeenkomst weer energie hebt. Dat hun frustraties en vendetta's je opbeuren. Troost put de mens niet uit wat hij nog heeft, maar uit wat anderen niet meer hebben. En jij hebt Luisa nog altijd. Jullie schrijven mekaar nog, stellen nog belang in elkaars gezondheid, werk, familie. Een epistolaire verhouding, maar nog altijd een verhouding. Niet met slaande deuren is Luisa vertrokken. Niet bij maanlicht, je inboedel op een vrachtwagen ladend die met draaiende motor stond te wachten. Integendeel, ze huilde. Niet van jou, maar van België wou ze weg. Begreep je dat? Ja, natuurlijk, hoewel je Argentinië nooit had gezien. Maar je woont hier lang genoeg. En je hebt naar Brel geluisterd. En Baudelaire gelezen.

Een non-Europese utopie, dat was het van meet af aan.

Jullie kennismaking begint zich weer voor je af te spelen, de eerste glimlach en woorden op de bus die jullie samen met andere Sunsnack-schapen door een krakend heet Cappadocië voerde, de tufsteenformaties, de rotskerken, haar prachtige rol-r Engels ('I work for an American company, you know'), het eerste glas dat je haar betaalde in het hotel in Kayseri.

Maar ook dit zie je liever niet terug, niet nu, dus ben je blij dat Verzele, die zo goed op Teerlinckx lijkt dat hij zijn broer zou kunnen zijn, je vraagt of je dan niet liever les had gegeven, in plaats van als historicus op een bank te werken. En je zegt dat je nog les hebt gegeven, maar dat het vak geschiedenis op school ten dode is opgeschreven, en dat je dus eieren voor je geld koos en dat de bank alles bij elkaar nog wel meevalt.

En Verzele zegt dat hij op school ook altijd graag geschiedenis deed en dat hij die ministers totaal niet begrijpt, want wie de geschiedenis vergeet, is gedoemd ze te herhalen, nietwaar, maar ja, een minister is een janklaassen die nu eens naar links, dan weer naar rechts hupt, en dan komt André de drankjes brengen en terwijl je neus ondergaat in de Guinness-branding, vraag je je af hoeveel Spaans je nog kent.

Buenas noches.

Me quieres?

Corazón.

Borracho.


Parmentier is er nog altijd niet en het meisje heet Eva.

De groep is nu uitgedund tot een zestal, die niet zozeer blijven omdat ze alsnog op een seance hopen, maar omdat ze toch niks beters om handen hebben.

Je hebt Parmentier al twee keer proberen te bellen, in hoofdzaak op verzoek van Verzele, maar je kreeg telkens zijn antwoordapparaat aan de lijn. Je hebt zijn kantoornummer op de bank geprobeerd, zonder veel hoop dat het daar was dat hij iets had laten liggen. Wat je hoorde was zijn secretaresse, die vertelde dat de dienst gesloten was, maar dat je altijd een boodschap mocht inspreken na de bieptoon, waarna zij zo spoedig mogelijk contact zou opnemen. Mits je je nummer niet vergat te vermelden.

Je hebt haar tot het einde toe aangehoord, wat je altijd doet met antwoordapparaten. Pas na de biep hang je op. Het zal wel je opvoeding zijn: als men tot je spreekt, dan luister je. Misschien speelt ook je wetenschappelijke training mee. Een verificatiesyndroom dat je verplicht te checken of die biep er inderdaad komt. En verder hoor je Laurences stem wel graag. Ze heeft een intonatie die herinnert aan lang vervlogen fietstochten, achter bij moeder op het stoeltje.

Parmentiers GSM-nummer heb je niet bij je.

Hij kan natuurlijk al op weg zijn hierheen en elk moment binnenvallen.

Normaal is het niet.

Het meisje heet Eva, dat heb je onderhand verschillende keren gehoord, want André heeft haar voor alles en nog wat nodig, nu zijn vrouw er niet is.

De Guinness smaakt, maar is weer bijna leeg.

Thysebaert, die aan de bar een gesprek voert met een habitué, is overgeschakeld op water. Bij de toiletten is het kaartspel nog altijd aan de gang, maar nu met een vierde man. De kamikaze die een team vormt met Gravendijck, is een je onbekende jongeling, voorzien van een snorretje en paardenstaart.

Eva heeft hun net nieuwe drankjes gebracht en keert nu terug, waarbij ze achter je stoel langs moet. Je ruikt haar passage, terwijl je Bartsoens kritiek op Clintons defensiebeleid volgt. Je hoort muntjes tinkelen en je kijkt opzij naar het zich verwijderende rokje van blauw ribfluweel, waarop achteraan, net boven het staartbeen, wuivend op de bips, de aandoenlijke strik van het witte schort zit. Ze zet haar dienbord op de bar en duwt een losgekomen haarstreng achter haar oor. Dan diept ze haar boekje op en leest voor wat André moet uitschenken.

'In Saoedi-Arabië wordt al wat drugs vervoert, de kop afgehakt,' zegt Bartsoen. 'In China ook. Zo leren ze het snel af.' Hij ademt snurkend in, slikt iets door. 'Volgens mij zullen we nog van die Chinezen horen, na 2000. En pas op, hun economie *boomt* als een raket, hé.'

Toen je nog lesgaf, had je een Eva als collega. Dat weet je nog goed. Ze gaf muziek en heette eigenlijk Eefje, maar als feministe vond ze dit te paternalistisch. 'Eva,' corrigeerde ze bij elke groet. Ze placht ook te vertellen dat deze naam slechts tweemaal voorkomt in de bijbel. Genesis zoveel en zoveel. Dat voor het overige de Eden-vrouw 'isja' wordt genoemd, wat Hebreeuws is voor 'vrouw'. Ze keek je vervolgens op zo'n manier aan dat je niet wist hoe je daarop moest reageren: opgetogen dan wel met medegevoel.

Bartsoen kijkt op zijn horloge en zegt dat hij zich zorgen maakt over Parmentier.

Jij hebt dat tot nu toe niet gedaan. Je hebt er je enkel over verwonderd dat hij er nog altijd niet is. Nochtans is Parmentier een goede collega, hij heeft je in deze groep geïntroduceerd en de positie die je er bekleedt, heb je aan hem te danken. Je probeert je voor te stellen wat je zou voelen, mocht plots het bericht komen dat Parmentier een zwaar ongeval heeft gehad. Aangerand is, ontvoerd. Je zou schrikken.

Het horloge van Bartsoen is een Cartier.

'Drinken we nog iets?' vraag je.

'Oei,' zegt Bartsoen, 'zal dat niet wat veel worden?'

Toch laat hij een pilsje komen, 'het laatste', wanneer André verschijnt op het teken van je opgestoken hand. Eigenlijk had je Eva gewenkt, ze mimede 'Ik kom zo', maar het is André die voor je staat. Nog eens hetzelfde, wijs je. Was het Eva geweest, dan had je wellicht een koffie gevraagd. Of een ice-tea. Waarom weet je niet, maar je onderbewustzijn seint dit door. Hoewel je niet houdt van ongevraagde inlichtingen.

'Hij probeert het Guinness-record te breken,' zegt Bartsoen. André grinnikt, jij ook. Je vraagt je af hoe Eva haar verzoek heeft geformuleerd. 'André, die lange met zijn bril aan tafel zeven wil nog iets. Ga jij?'

Wanneer de biertjes er zijn, herhaalt Bartsoen dat het met die spleetogen uitkijken wordt in de volgende eeuw. Dat Amerika zus, en Europa zo. Dat deze eeuw tweemaal door Duitsland op zijn kop is gezet, maar dat het nu wel eens...

Je knikt semi-instemmend. Liever geen academische discussies nu. Je probeert je voor te stellen hoe de Chinese Hitler die volgens Bartsoen zal opstaan, eruit zal zien. Hoe deze Führer omstreeks 2033 brand sticht in Peking en zeven jaar later aan het hoofd van miljoenen de Oeral komt overfietsen. Je zal dan drieënzeventig zijn. Nou, vooruit maar. Geel is een mooie kleur en op je oude dag wil je nog wel iets meemaken.

Je mond wordt kleverig. Dat krijg je van Guinness. Precies daarom was Luisa er niet zo op gesteld. Op bier in het algemeen niet. Maar mosselen vond ze het einde.

Bartsoen zegt dat zijn oom Normandië heeft meegemaakt, weliswaar niet in de eerste golf, maar toch de eerste dag. The longest day. 'See you in Berlin, Adolf!' stond er op hun tank. Je herinnert je een bezoek met Luisa aan de Berlijnse Philharmonie. Het begon te regenen en Luisa sukkelde met haar paraplu en toen je wou helpen, klapte hij open en kreeg je een baleinpunt in je oog. Je vloekte en toen je daarvoor je excuses aanbood, zei ze dat een nicht van haar moeder tijdens de dictatuur een oog had verloren bij een ondervraging. Veel mensen waren al vergeten dat haar land zich nog maar pas van Videla had weten te ontdoen, merkte ze op. Je moest toegeven dat dit zo was, zeker in Europa. Hoewel je het geen argument vond om niet te mogen vloeken.

Intussen heb je Bartsoen bedankt.

'Waarom?' vraagt hij.

'Voor de bevrijding.'

Hij kijkt wantrouwig.

'Grapje,' zeg je.
'O,' zegt hij.

Parmentier is er nog altijd niet, Vanlangenhove wel.

Zonder dat echt duidelijk is of hij pas binnenkomt, dan wel hier al een tijdje rondhangt, staat Vanlangenhove opeens naast je bij de bar.

Je staat nu bij de bar. Eén bil op een kruk, je elleboog naast je Guinness. Bartsoen is weg, naar huis, daarnet vertrokken. Met daarnet bedoel je een punt ergens in een recent à middelver verleden waarop deze Cambrinus nog aardig vol zat, André druk in de weer was achter zijn kranen, Eva nog van het ene tafeltje naar het andere liep. Aan zo'n tafeltje zat jij, samen met Bartsoen. Nu is die weg en sta jij bij de bar. Aan de andere zijde zie je Thysebaert, pratend met André, die zichzelf ook op een kruk heeft gehesen en af en toe zijn vuist gebruikt om een geeuw terug in zijn mond te proppen. Naast Thysebaert staat Gravendijck en naast hem de jongeman met de staart en het snorretje, die het kaartspel blijkbaar heeft overleefd. Dan een vijftal mannen die je niet kent, dan Monique, Andrés vrouw, dan vier lege krukken, dan jij. Eva is weg. Tussen daarnet en nu moet er een moment zijn dat je is ontglipt en waarin haar verdwijning zich heeft voltrokken. Het moet zeer snel zijn gegaan, als in een goocheltruc. Je zit naar een duif te kijken en van de ene seconde op de andere, zonder dat je de blik afwendt, flapt er een doekje en is de duif een konijn. Zo zit daar nu in plaats van Eva Monique. Ook haar heb je niet zien binnenkomen. Toch heeft ze een al vrijwel lege campari-orange voor zich staan.

'En hoe gaat het met Paul?'

Vanlangenhove ziet er goed uit. Kortgeknipt, bruin, hemdsmouwen opgerold. Zijn afgetrainde lijf vertoont geen spoortje vet. Op en top de militair die klaar is voor missies. Blauwhelmjobs. Pakje Marlboro in de borstzak. Alleen naar de tatoeage speur je vergeefs. Maar die zal op zijn schouder zitten, enkel zichtbaar wanneer hij in mouwloos kaki lijfje, machinegeweer in aanslag, door de rimboe patrouilleert. Een mauve vrouw, naakt, kronkelend tussen zijn spieren.

'Wel, wel,' zeg je, 'wie we hier hebben.'

Je bent verraster dan je klinkt. De vermoeidheid die al een tijdje uit je benen komt opstijgen, heeft je stem bereikt. Nog een centimeter of tien hoger en dan ga je naar huis.

Je vraagt wat hij van je drinkt en je geeft de bestelling door naar André, die zichtbaar tegen zijn zin van zijn kruk komt, wat je ergert en even de gedachte inblaast voor jezelf iets ingewikkelds te vragen, een tropische milkshake of zo, waarvoor hij nog een machine vuil moet maken en kiwi's schillen, maar je doet het niet. Je vraagt voor jezelf niks meer, je mond lijkt nu steeds meer op een leeg suikerreservoir.

'Wel, wel,' zeg je.

En Vanlangenhove gaat zitten en vertelt: hoe hij nogal bruusk uit de groep is gestapt, ja, misschien niet erg kosjer, maar eerlijk gezegd had hij niet veel aan dat geklets en bovendien had hij die vrouw leren kennen, een knal van een wijf, met wie hij nu al een tijdje samenwoont en...

Je zegt dat jij al langer doorhad dat Duitsland zijn echte probleem was, de ontheemding, de ontworteling. Dat je zulks kon begrijpen omdat... Maar Vanlangenhove schudt nee. Ach, een goede relatie kan veel hebben, zegt hij. Het probleem was dat zijn vrouw maar al te vlot acclimatiseerde en na een maand al in de koffer dook met haar tennisleraar. Forty-love, weet je wel? Maar goed, dat is allemaal achter de rug. En op de kazerne gaat het prima: af en toe eens een telefoon opnemen en voor de rest veel sporten. Waarom hij dan gekomen is? Wel, hij had gehoord dat het over advocaten ging en daar kan een mens altijd iets van opsteken. Onverwacht bezoek heeft hem echter opgehouden. Maar veel heeft hij niet gemist, hoort hij?

Nee, zeg je, en je wil over Parmentier beginnen, maar getinkel doet je opkijken. André reikt Vanlangenhoves gin-on-the-ocks aan en je neemt je arm weg en het volgende moment, nder dat je wat hebt gevoeld, klinkt er gekletter en schuift er een glasbodem met de vaart van een puck onder de biljarttafel. Het duurt twee seconden voor je beseft dat je je Guinness hebt omgestoten.

Vanlangenhove is opgeveerd en staart naar de vlekken op zijn broekspijp, die hij tussen duim en wijsvinger omhoogtrekt. Je verontschuldigt je en bukt je naar de scherven, wat enig motorisch onheil veroorzaakt.

'Laat maar,' zegt André, hij roept iets naar de privé-deur achter hem en voor de nieuwe Guinness op je viltje staat, zit Eva aan je voeten en veegt de stukken bij elkaar.

Geen illusionisme: je hebt haar door de kralen zien komen, het schortje voorbindend, de irritatie uit haar gezichtje strijkend, je schaamt je.

'Zo kan het wel, hè Paul?' lacht Thysebaert. En luider: 'Zo heeft ie ze graag! Op hun knieën!'

Ik knoop me nog liever op dan te blijven dokken, zei Thysebaert op een vorige bijeenkomst. Een visioen verrijst voor je ogen: Thysebaert bengelend aan de onderste tak van een eik, ogen dicht, de tong blauwig puilend tussen zijn gele tanden.

Je zit nu toch op je hurken, vindt nog een scherfje en gooit het op Eva's blik. Dan moet je steun zoeken op je rechterhand.

'Het hoeft echt niet, hoor,' zegt ze.

Haar ogen, zo dicht bij de jouwe: dezelfde innerlijke stem probeert opnieuw woorden te vinden voor wat je voelt. Het wordt alweer een metafoor: ik-wil-een-dochter. Nog altijd niet raak, maar toch al een stuk beter.

Je komt overeind, verontschuldigt je nogmaals en neemt een slok.

'Je bloedt,' zegt Vanlangenhove.

Dat blijkt te kloppen: aan de muis van je rechterduim hangen rode druppels. Hier, zegt André en neemt een EHBO-kistje van de plank. 'Help de gekwetste even, Eva.'

Je wilt protesteren, maar Eva komt overeind, opent het kistje en bet het bloed met een stukje gaas. Dan trekt ze de stripje van een pleister en drukt hem op de wonde. 'Cambric windse' zegt een etiket. Mocht Eva je dochter zijn, dan zou je haar nu uitleggen dat cambric niet van Cambrinus komt, maar een ander woord is voor batist, dat op zijn beurt teruggaat op Baptiste, een linnenwever uit Cambrai. En dat Cambrai vroeger Kamerijk heette, een stad met een rijk historisch verleden, vol Franken en Merovingers. En Eva zou niet vinden dat je je aanstelt.

Ze neemt nu je hand vast en drukt de pleister met beide duimen wat harder aan. Thysebaert zegt iets en je bent blij dat je het niet verstaat, want misschien is het waar. Je hoort gelach.

'Voilà,' zegt Eva.

Je bedankt. Monique zegt tegen Eva dat het zo goed is, dat ze naar huis mag, dat ze morgen kan dweilen. Eva verdwijnt door het kralengordijn, één hand al aan de strik op haar bips, keert dadelijk terug met een jek, waarin ze via een soort handige schouderworp haar armen duwt. Er staat een tekst op in kleurige letters. 'University...' ontcijfer je moeizaam. Ze gaat tot bij de jongeman met het snorretje, vraagt 'Oké?'. Hij knikt, ledigt zijn pils, staat op en legt zijn arm om haar hals. Kusje, en daar stappen zij door de ding-dong van de Cambrinusdeur naar buiten, de nacht in.

Nu moet je dringend plassen.

Naast de wc-deur hangt een kalender. Vandaag is de vijftiende. Of was dat gisteren?

Fifteen-love.

Je probeert een gepaste datum te bedenken voor een volgend bezoek aan het Glazen Straatje. Het is tijd voor een grote beurt en dan heb je liever een dagje vrij. Parmentier doet nooit moeilijk, dus misschien kan volgende week woensdag al.

Terwijl je je handen wast, komt de pleister los. Je drukt hem weer op zijn plaats. Je had Eva best een drankje mogen aanbieden.

Wanneer je de deur naar de gelagzaal openduwt, hoor je de stem van Thysebaert in vol elan. Je nadert, even gehinderd door het wilde groen van de slingerplant.

'Ja,' zegt Thysebaert, 'en Kamiel naast haar op de sofa, in zijn zondagse pak, knipperend tegen de camera's, vijfentachtig asjeblief, het kwijl druppelt langs zijn pijp en zijn hand beeft als slaat hij naar de vliegen. En die bruine schoonheid maar slijmen tegen Jambers, met brede glimlach: "Yes, I love my 'usband belly much. Yes, Kaah-Mill belly nice to me." En haar hand op zijn knie, terwijl je haar zo zag denken: als dit geraamte straks in de oven ligt, heb ik mijn retourtje Manila klaar. En Kamiels kinderen, die hun erfenis al zien vliegen...'

En terwijl je weer op je kruk klimt en iedereen daverend zit te lachen – nou ja, iedereen: Gravendijck blijkt nu ook weg te zijn, evenals Monique, zodat behalve Vanlangenhove en André er enkel nog twee bouwvakkers aan de bar zitten – zindert er plots een gedachte door je heen die je keel dichtsnoert.

Je drinkt, probeert iets van de gezichten af te lezen. Kijkt men je anders aan? Nee. Nergens schichtigheid, geen onzekere ogen die afketsen op jouw blik. De bouwvakkers vegen een traan weg, Vanlangenhove maakt glimlachend cirkeltjes met zijn glas op het viltje, zijn andere hand tast naar een Marlboro.

Waarom is Thysebaert over Filippijnse nephuwelijken bezig? Waarover heeft men het gehad, terwijl je in de toiletten boven je pik gebogen stond?

Thysebaert, die ooit bij de aanblik van een zich uit zijn Volkswagen bevrijdende Van De Casteele 'Ik ruik vis' zei en vervolgens Van De Casteele, die nooit een Asterix-album heeft gezien, begroette met 'Ah, beste Kostunrix'. Dat Thysebaert een fan was van Uderzo en Goscinny, deed op een of andere manier afbreuk aan je eigen bewondering.

Je drinkt.

Je drinkt nog eens.

Een mot kruipt over een neonbuis en nu stapt iedereen op. André begint lampjes te doven, zet de muziek af, krukken schuiven over de vloer, een bouwvakker rent nog vlug naar het toilet. Vanlangenhove geeft een kameraadschappelijke tik op je schouder en zegt: 'Nou, tot een volgende keer misschien.' En dan is hij weg.

En nu staat Thysebaert voor je.

'Kom, Paul,' zegt hij, 'ik geef je een lift.'

'Waarom?'

'Ik denk dat het wijzer is.'

'Mijn hek gaat sowieso dicht,' valt André hem bij, 'je auto staat veilig.'

'Ik pik je morgen wel op,' zegt Thysebaert, 'en dan zet ik je hier weer af.'

André stapt door de kralen, een lege Schweppes-bak in elke hand.

Sowieso, dat vind je geen woord voor André. Dat heb je hem nog nooit horen zeggen.

'Oké?' vraagt Thysebaert.

'Ik val nog liever dood,' zeg je.

'Wat?'

'Ik ga liever te voet.'

Hij kijkt je aan.

'Hoezo?'

'Zo.'

Je demonstreert met een korte mars ter plaatse.

Thysebaert schijnt het niet te begrijpen. Dus probeer je duidelijker te zijn.

'Het wordt tijd dat jij die zelfmoord pleegt,' zeg je.

Nu is het helemaal een probleem. Hij fronst zijn wenkbrauwen en gaat op een ander been staan.

'Hé, wat scheelt er?' vraagt hij.

Tja, wat moet je daarop antwoorden? Er scheelt zoveel. De naam, bijvoorbeeld. Wie heet er nu Thysebaert? Dan toch duizend keer liever Molenaar. Marnix Thysebaert – zo op en top Belgisch. Zo vol Ardennen en Antwerpen en Noordzee. Zo vol van lichtjes langs de Schelde en schuimende pils in het glas. En overal snelwegen. Overal blinde gevels en straatmussen en canadapopulieren. Ministers-presidenten, Frans. Of wielrenners en duiven. En mosselen.

'Hou jij van mosselen, Marnix?' vraag je.

Thysebaert ziet wit.

'Aimez-vous les moules?'

Hij kijkt je nog een seconde aan. Dan haalt hij zijn schouders op en gespt zijn jas dicht.

'Je bent gek,' zegt hij.

Bij de deur draait hij zich nog even om.

'Ik zou niet graag met je getrouwd zijn.'